地表最強國文課本

第一冊　翻牆出走自學期

目次

課前準備

我沒想過人生出的第一本書，竟會是一本課本。課本對我來說，一直不是一個太惱人的存在。我這輩子最不能忍受課本的時候，不是學生時期，而是開始教書以後。

這本書說是「課本」，但絕對不是課堂上要用的那種。「課本」只是一個殼，裡面裝的全不是那麼一回事。

我希望寫一本給所有人看的國文課本。

背後的理由說穿了也沒什麼，只是覺得過去習慣將書分成「課內」、「課外」，是一個很弔詭的想法。這想法讓國文課受了許多限制。

課本選文成了多數人觀看文學的窗口，考試領導教學，使多數人對於國文科的印象，永遠停留在傳統的篇章結構、修辭、作者生平、國學常識甚至字音字形等。教材上的限制是有形的，但思維的困局卻是無形的，這是我的擔憂之處。

我寫這本書有兩個目的，一個自私，一個比較不自私。

私者希望可以還中文系一個本來面目。

許多人對於國文科的想像，可能都受限於國文課本，對中文系的想像也僅只於此。過往的課本礙於篇幅以及種種複雜因素，包含政治、歷史、社會等層面，讓許多本來豐富的內容，只能以剪裁過的形式出現。許多有價值的作品被草草帶過甚或略過不提，相當可惜。

我想了想，這個誤解既然從課本而起，不知是否也可由課本而終。

這本課本不貪多務得，不期待一次把這個結解開，只是希望透過重寫國文課本這件事，談談那些年沒能好好讀過的文章，盡可能把我這幾年的所思所得，透過這些大家還算熟悉的作品，說上一說。這是自私的原因。

比較不自私者，是希望這本書能起到拋磚引玉的效果。

這本書在寫作上的困難我始料未及，直至寫畢，始終很難真的滿意。十課課文涉及了十個領域，許多與我的研究專長離得遠，真正寫起來得查不少資料，費了不少心神，亦且戰戰兢兢。

每寫完一篇，總會想起在那個領域研究的師友們，總有「如果由他來寫，定然會寫得比我更好」的念頭。

因此，寫這樣的一本書，是想開個頭，讓更多作相關研究的朋友，也能夠寫點什麼，給學院外的人看看，讓學問走出象牙塔。

這次我選的全都是古文。並不是因為白話文不好，只是我對古文比較熟悉。一方面白話文教

學領域，已有諸位前輩耕耘多年，比我優秀者大有人在，我就不急著再投入進去。第一本書就這樣選了，說來有點投機取巧，但我對這點巧詐並不後悔。

全書共十課，從年輕的文章開始，一路排到老的。過往的文學史都從最古老的文章開始教，我不認為這樣不好，只是想把年代倒回來，先讀讀離我們近點的東西，再慢慢溯源，讀較老的，我想，這麼做也許會有些不同的收穫。

每一課共分成「作者」、「題解」、「課文」、「賞析」四個部分，這沿用了傳統課本的形式。近年來教育部似乎有規定課本不再編入「賞析」，有版本將「賞析」放入附錄，不與課文同列。而早年的課本其實是沒有「賞析」這部分的。只不過這次寫這本書，還是希望把能補充的資料與心得都放上來，所以斟酌之後，依然編列了「賞析」在每一課之後，聊做參考。

內容都是隨手補充，或由可發展的主題入手漫談。這個過程絕對是主觀的，我很難說每一篇發展都有一定的標準或套路。有時候我原本想寫的是這樣，寫完卻又成了另一個樣子。

「作者」與「題解」主要處理一些背景問題，或討論些傳統解釋。傳統課本中行之有年的講法，有的其實是有問題的。揪出這些問題的目的不是批判舊課本，而是希望提供更多角度的看法，不要讓傳統的解釋成為唯一標準。當然，這本書也不是唯一的。

如果對原作的字句不解，可以看傳統注釋，如果是有爭議的，我在「賞析」裡面也挑了一些來談，大家可以交互參看。

這本課本最後選擇不給注釋，這一點我著實考慮了很久。總覺得注釋給了會破壞原作的閱讀節奏，最後仍決定拿掉，還原作一個乾淨的樣子。很多靈感觸發是很難預料的，直接讀原文雖然比較吃力，但也許更能讓人看到這些作品的純粹與美好。

最後，包含「賞析」在內，有部分文字是過去在網路上就發表過的。有不少人建議我，把這一年下來網路上的文章集結一下，出書，簡單漂亮。但我想既然要寫書，就得把過去在網路上沒說好的、沒說清楚的給說完整，所以雖有部分文字沿用舊文，但每一段我都再增刪過。這一切不為別的，只求一己心安。

書中文章年代順序，各篇選文內容，或有相映處，各位可自行發覺，這自有我一點用心，試著安排一個面對社會，面對家園，面對人生的方式。

世界是流動的，並不是我們停滯不前，時間就會停下來。所以走吧，走吧，趕路要緊。

第一課

原君

黃宗羲

社運人士、教育家，時常看起來很憔悴，可能是跑社運太累。

作者

黃宗羲　字太沖，號梨洲，也可見到「南雷先生」這樣的稱號。他是明末清初重要的思想家，學問極好，和顧炎武、王夫之並稱明末清初三大儒。

黃宗羲是非常值得注意的一個思想家。他當然也是經學家、史學家，也熟稔天文地理等雜學，我用「思想家」稱呼他，不是要忽略他其他的身分，只是為了比起這些，我認為他的思想仍是最值得重視的。這並不是說他的其他成就不重要，只是他的思想與當代社會有密切的關係，將黃宗羲選入教材的積極意義，應該建立在這一點上。

過去的課本提到他，都會簡略提他的成就，只是比較起來，黃宗羲並不如李白、杜甫、陶淵明、蘇軾這些文人那麼為人所熟知，這非常可惜。

黃宗羲的思想有什麼重要性，這裡不直接下定論，我們先看看「明末清初三大儒」這個稱號，這背後有一些事值得談談。

明末清初，在歷史上被形容為一個「天崩地解」的時代。

雖然我們習慣以清代、清朝來稱呼滿人在中國建立的政權，但若從漢人的角度來看，與其說清朝是一個朝代，不如說是異族在中國這塊土地上所建立的殖民政權。

當然，這樣的講法畢竟也是片面的。事實上「朝代」的想像與「文化傳承」的認知密

不可分，這是中國歷史裡很獨特的一種思維模式。中國文人尤其重視這種傳承。儒家的「道統」觀，將歷史上偉大的聖人、賢人標舉出來，並想像他們代代傳下了所謂的「道」，就此串連起來，形成一個傳統，與人們對「朝代」的想像密不可分。

中國傳統士人對政權的「正統」特別重視，這是過往君權體制下的思想特色、也是限制。

往後的歷史，統治者們不斷爭奪話語權，將自己的政治地位合理化，每個時代對於歷史的詮釋也有著不同的面貌。

王莽取了政權，被視為「篡漢」，光武帝奪回政權，被視為「中興」。曹丕逼漢獻帝禪讓，被視為「篡奪」，劉備在蜀地建國，打的仍是興復漢室的旗號，稱為「蜀漢」政權。

陳壽的《三國志》與羅貫中的《三國演義》，其中對於曹操的評價有著明顯的差異。陳壽肯定曹操的功業，《三國演義》雖未大幅改動史實，但卻透過情節讓曹操成為挾天子以令諸侯的國賊。

梁啟超曾指出：「言正統者，以為天下不可一日無君也，於是乎有統。又以為天無二日、民無二王也，於是乎有正統。」這段話非常明確指出「正統」的觀念與「君權」的密切關係。

在面對其他民族時，「正統」觀更會與民族意識相結合。孔子就有提到「華」與「夷」在文化上的分別，更說：「微管仲，吾其被髮左衽矣。」意思是：如果沒有管仲輔佐齊桓公，九合諸侯、一匡天下，穩固周王朝的統治，那麼周文化很可能就會被外族的文化取

代，使孔子等人都成了「被髮左衽」受外族統治之人。

「被髮左衽」是中原地區以外少數民族的習俗，這裏可以看出早在孔子的時代，就已有這種文化優越感存在於漢人心中了。後代這樣的觀念一直存在，隨著各個時代有不同的展現方式，也在各個社會層面產生種種衝突。

唐朝的韓愈闢佛，採取的一個重要說法就是佛是「外來的」思想，是蠻夷之邦的東西，非漢人之正統，更不符合儒家的「先王之教」。儘管儒家有非常多的人文關懷、深刻的思想內涵，但不可否認的，在與政權的互動下，儒家思想與封建體制、正統思想、華夷之防等觀念實在脫不了關係。

後來北宋的岳飛寫「壯志饑餐胡虜肉，笑談渴飲匈奴血」，南宋的陸游寫「王師北定中原日，家祭毋忘告乃翁」等等大家對此並不陌生，都可以看出這種大中華思維的影響。這也可看作農業民族與周遭遊牧民族的紛爭。

當外族入侵，奪走了漢人本有的政權，文人們自然感到頓失依靠，覺得天崩地解了，這是明末清初的文人們共同面臨的時代課題。

清初三大儒處在這樣的一個時代，他們對於文化的傳承當然看得比誰都重。雖然政權亡了、國家亡了，但是聖人之言、漢民族最珍貴的資產是不能斷的。

儒家的「道統」在他們身上，成了一個放不下的沉重擔子。比之太平盛世，三大儒所關心的課題更加複雜不可解，對過去朝代的追想，反清復明的主張，成了這一代知識分子永恆的鄉愁。

這群人被稱作「遺民」，亦即前朝遺留下

來，對已然亡了的政權仍抱有嚮往，不願承認新政權正統地位之人。他們通常是知識分子，也會從事一些反抗、捍衛舊政權的活動，顧、黃、王三大儒，就是非常典型的「明遺民」。

回頭談談黃宗羲。有意思的是，與太平盛世不同，異代之際的遺民們，反而比較容易去反思那些傳承下來的文化，是不是有什麼地方搞錯了、丟失了原本該有的價值。

過去讀書讀到一句話，我印象很深——「秦人焚書而書存，諸儒窮經而經絕。」秦始皇一把火，焚去大量的經典著作，後人為了要拾回這些文化遺產，找了那些躲過浩劫的文人，尋回了沒被焚毀的文獻，讓有漢一代經學昌明。秦火沒焚去的這些文化資產，反而被更積極的延續下來。

然而，與之相反的，後代儒者不斷的窮經、解經，卻讓許多經典內容僵化、教條化，成為政治的附庸，反而丟失了許多重要的內涵。毀棄經典的秦火促成了文化的延續，全心投入的漢代經學卻讓文化變質，這相當諷刺。

這裡說的雖然是秦漢，但背後暗示的，是一種歷史循環的規則，類似的情況在每個朝代不斷出現。

「經典」在中國的思想傳承中扮演極重要的腳色，當太平盛世的時候，經典本身的解釋容易因為政治的穩定而被固定下來，甚至與政權合流，為政權服務。後代出現科舉考試之後，思想的僵化情形日盛。諷刺的是，打破這些僵局的往往不是讀書人的自覺，而是戰火，是時代變革中所歷經的那些慘烈的浩劫。

身為一個遺民，傳承珍貴的文化資產固然是黃宗羲所認定的使命，但異代之際遭受到的

種種毀滅性的衝擊，也成了迫使這個時代的讀書人回頭反省傳統思想的契機。

因此，讀黃宗羲的作品，很難忽略他的時代特殊性。這也提醒了我們去反省，為什麼非要等到非常之際，那些僵化的傳統觀念才會受到質疑、才有了更多的可能性。

所謂的太平之世，表面看似穩定的生活之中，是不是也暗藏著許多早已腐化的觀念，默默鑄成了下一場混亂、浩劫。真正殺死經典的，是毀滅性的破壞，還是日漸安逸、不再反省的思想？

在「天崩地解」的時代，黃宗羲選擇留下些什麼，又反省了什麼，正是我們要進一步追問的問題。

題解

〈原君〉是十分能夠回應當代議題的一篇，將他放在第一課，固然因為其時代在我的各篇選文中最為晚近，但也理所當然有更深一層的用意。

第一次讀〈原君〉時我年方十七，這課是補充教材，老師沒教，我自己在悶熱的教室裡翻看，總感覺黃宗羲此文有種苦口婆心之感。

不知為什麼，這一篇對我往後讀書求學的影響很大，至今仍是。

我對「小儒規規焉」一句印象最深。當時年輕血氣重，對於僵化、腐敗、假道學特別不滿，黃宗羲此句完全講到我心坎裡。

「小儒規規焉」指的是墨守成規的儒者，只知道遵循表面的形式儀節，卻不懂得這些表面行為背後的意義，進而成為盲目循規蹈矩的一群人。

然而，這群人將這些空洞觀念強化、僵化之後，一代一代，有些觀念竟成為不能撼動的鐵律、成為害人的道德教條。很多時候，思想害人之深不是一時的，而是淵遠流長、根深蒂固的。「小儒規規焉」，我常用來批判現實，也深深引以為戒。

許多儒家的學者跟信仰者很重視傳承、重視「道統」。然而，一個概念不可能自古至今都一成不變，看似堅守傳統、甚至墨守成規的學者，往往反而是率先丟失思想核心價值的人。

我一直很懼怕讀書人與時代脫節，只專注於書本中的學問，卻忽略了這些學問的本源還是來自於生活，來自於人與人之間的互動。學問的價值應該透過貼合時代腳步的思辨與實踐來體現，不該只在象牙塔裡被確立。

〈原君〉裡面處理的問題是「君」，雖然與當今之民主制度有別，但黃宗羲在釐清「君」的根本意義時，採取的視角與分析方式，到了今日仍十分有參考價值。

「原」有「原本」、「本源」的意思，這一類文體，通常都是在探求各事物的本質、本源。韓愈有〈原道〉、〈原毀〉等文，他畢竟是古文宗師，在文壇、文學史上有其領袖地位，因此這類探求本源的「原」什麼的文體，雖不能說始於韓愈，但一般談到這類文體，都會從韓愈開始說起。

當這類「原」什麼的文體出現時，意味著有些事物、概念，必須從根本上重新被釐清。黃宗羲寫〈原君〉，固然是為了回應他所處的時代，但這篇談到的觀念卻是跨時代的，是長久以來的文化問題，所以特別值得注意。

一般談〈原君〉的思想，都會認為他是傳統「民本」思想的極限。不過細觀〈原君〉的內容，其實有很多與民主制度是共通的。

那麼，「民本」跟「民主」的差別究竟在哪裡呢？

民本思想可以上溯到《孟子》，所謂「民為貴、社稷次之、君為輕」，也就是有名的「民貴君輕」思想。不過，孟子絕對不是民本思想的發明者，他頂多是一個倡議者。

當一個觀念被強調、被記錄在經典之中，也正意味著在那個時代，社會上的風氣乃至價

值認同，必定是某種程度上相悖於這個觀念的。

孟子的時代就已經有君權過於浮濫的問題，這可以想見。孟子從國家組成的根本上去反省這個現象，並指出真正的問題所在，是很標準的儒家思維。這類思想並非文明之初就存在的，而是漸漸積累、演進出來的。

在更久遠以前的殷商時代，人民崇尚鬼神，以「帝」為萬物之主宰。當時的政治與宗教是分不開的，君王的權力直接來自於神意，君王就是「上天」在人間的代表。

後代許多關於殷商文化的記載，包含很多儒家典籍，都是站在周文化的立場，因此也有許多不公允的批評。但相對於殷人，周人確實沒有那麼強烈的迷信色彩。也正因為鬼神信仰不若殷人，周文化相對更重視「人」的價值，也發展出許多重要的觀念，成為後代人文思想之基礎。

《尚書》中有「天視自我民視，天聽自我民聽」的句子。天意本是不明確的，在王權與神權不分的文化之中，君王同時擁有了天意的解釋權。《尚書》將天意的具體表現放在人民身上，若將之與殷文化比較，可以看出君王所用以標榜自身權力的「天意」，已多了一層新的詮釋。儘管人類社會仍不能脫離天意，但「天」的意義多了一層轉換，落到了人民身上。這一層轉換，是民本思想能被建立起來極重要的一個關鍵。

《尚書》中文明確指出：「民為邦本，本固邦寧。」人民是國家的根本這概念一旦確立，整個執政的方向就有了具體的依歸，儒家思想對於執政者的期許都立基於此。這即是民

本思想的基本概念。

這個觀念影響中國文化十分深遠，但同時也產生了許多不可避免的問題。歷代君主無論賢能或者昏庸，在表面上都會對外宣稱自己是體恤民意的。幾乎沒有一個君主不希望被冠以「勤政愛民」的評價，他們認為這是光榮的。

然而，這些宣稱有時候對比於君王實際的行為，顯得格外諷刺。民本思想落實在政治面，面臨的問題就是實際執行時，並沒有一個確切的力量去制衡過於擴張的君權。在思想的架構之中，用以制衡君權的本是所謂的「天意」，一個無道的國君最終必遭到天意的懲罰，不得民心的領導者，最終必走上亡國一途。

可這畢竟是一個過於理想的政治想像，現實遠比這個複雜。更何況，每一代君王功過難論，我們很難透過一兩個價值標準去評價一個君主的賢或不肖。「順應民心」、「順應天意」終歸是一個過於籠統的方向，落實在具體的政策面，我們很難直接判定一個君王的作為、一個政策的執行，是否能以人民的安居樂業為最終目標。

民主思想與民本思想最大的差別，就在於人民的位置由被動轉為主動。面對不順應民意的領導者，人民可以行使各種權利去制衡、汰換。由此，黃宗羲的〈原君〉固然提及許多重要概念，但畢竟與民主思想有別。在制度上，他很難去期待人民用自己的力量制衡君王，這是黃宗羲的時代限制。回過頭來探討君王本質，探討君王有沒有盡到本分，這是民本思想的極限。

但這個「回頭探討本質」的思維卻是很值

得重視的。當一個時代面臨浩劫，所有既有的價值體系逐一崩盤，全面反省當然是必要的，但如何反省，才是真正該思索的問題。

人們很常在舊傳統受到質疑時，轉而擁抱新的、外來的制度，想要徹頭徹尾汰換去舊的東西，來個大改造。

然而，很多時候，一個好的、成功的革新，並不是全然毀去舊有的價值，而是該先檢視一下過往的時代，有什麼東西是早已剩下形式、丟失根本意義的，有什麼東西是名存實亡的。

這樣的反省並非守舊，也不是認為新的東西不好，只是為了避免盲目的求新求變，卻不明白真正追求的價值該是什麼。

因此，黃宗羲此篇〈原君〉與民主制度雖仍有落差，但其中探討的本質性問題，卻是十分重要的，是每個時代都必須面對的。弄清楚最根本的價值是什麼，是「原」系列文體最重要的貢獻，形式、制度會隨著時代更迭汰換，但那些最根本的價值卻是亙古不變的，只是以不同的名字、姿態，在各個時代不斷出現罷了。

課文

有生之初，人各自私也，人各自利也，天下有公利而莫或興之，有公害而莫或除之。有人者出，不以一己之利為利，而使天下受其利；不以一己之害為害，而使天下釋其害。此其人之勤勞必千萬於天下之人。夫以千萬倍之勤勞而己又不享其利，必非天下之人情所欲居也。故古之人君，量而不欲入者，許由、務光是也；入而又去之者，堯、舜是也；初不欲入而不得去者，禹是也。豈古之人有所異哉？好逸惡勞，亦猶夫人之情也。

後之為人君者不然。以為天下利害之權皆出於我，我以天下之利盡歸於己，以天下之害盡歸於人，亦無不可。使天下之人不敢自私，不敢自利，以我之大私為天下之大公。始而慚焉，久而安焉，視天下為莫大之產業，傳之子孫，受享無窮，漢高帝所謂「某業所就，孰與仲多」者，其逐利之情不覺溢之於辭矣。此無他，古者以天下為主，君為客，凡君之所畢世而經營者，為天下也，今也以君為主，天下為客，凡天下之無地而得安寧者，為君也。是以其未得之也，荼毒天下之肝腦，離散天下之子女，以博我一人之產業，曾不慘然，曰「我固為子孫創業也」；其既得

之也，敲剝天下之骨髓，離散天下之子女，以奉我一人之淫樂，視為當然，曰「此我產業之花息也」。然則為天下之大害者，君而已矣。向使無君，人各得自私也，人各得自利也。嗚呼，豈設君之道固如是乎！

古者天下之人愛戴其君，比之如父，擬之如天，誠不為過也；今也天下之人怨惡其君，視之如寇讎，名之為獨夫，固其所也。而小儒規規焉以君臣之義無所逃於天地之間，至桀、紂之暴，猶謂湯、武不當誅之，而妄傳伯夷、叔齊無稽之事，使兆人萬姓崩潰之血肉，曾不異夫腐鼠。豈天地之大，於兆人萬姓之中，獨私其一人一姓乎？是故武王聖人也，孟子之言，聖人之言也。後世之君，欲以如父如天之空名禁人之窺伺者，皆不便於其言，至廢孟子而不立，非導源於小儒乎！

雖然，使後之為君者，果能保此產業，傳之無窮，亦無怪乎其私之也。既以產業視之，人之欲得產業，誰不如我？攝緘縢，固扃鐍，一人之智力不能勝天下欲得之者之眾，遠者數世，近者及身，其血肉之崩潰在其子孫矣。昔人願世世無生帝王家，而毅宗之語公主，亦曰：「若何為生我家！」痛哉斯言！回思創業時，其欲得天下之心，有不廢然摧沮者乎！是故明乎為君之職分，則唐、虞之世，人人能讓，許由、務光非絕塵也；不明乎為君之職分，則市井之間，人人可欲，許由、務光所以曠後世而不聞也。然君之職分難明，以俄頃淫樂不易無窮之悲，雖愚者亦明之矣。

賞析

所謂聖人

中國傳統思想中，「聖人」與「聖王」是分不開的。韓愈的〈原道〉篇中就提到：「古之時，人之害多矣。有聖人者立，然後教之以相生養之道。」這段話，很能用來說明過去對於「聖人」的想像。

在那個遠古的時代，人民生活在苦難之中，然後出現一個能力超群之人，引領人們一步一步走向更好的生活。傳說中的燧人氏、有巢氏、伏羲氏等，都是依循這樣的運作模式被景仰的「聖人」。「聖人」必須是「能力超群」且具備極強的「利他性格」的人。

黃宗羲此篇也由這個前提出發。

「有生之初」指的必須是人類文明之初，「各自私」、「各自利」是一種中性的陳述，沒有價值批評。那意思是說，人類本來就是這樣，這些習性是動物性的，是基本的生存之道。

因此，當某人的行為或思想展現「利他」的性質時，他和一般人就有了區別，也就是前面所提的「聖人」。黃宗羲此處，不討論「聖人」具備的能力是否與一般人不同，本篇的重點並不在此。

「有人者出」，則這個人必有別於一般人，順著文章的脈絡來看，最大的區別不是能力，而是率先意識到「公利」，不若一般人仍

只在意一己之私。

這類對於文明起源的想像影響後代思想十分深遠。中國古代對於理想政治的想像，幾乎都立基在這樣的思維模式上。傳統期待「人治」而非「法治」，期待出現「聖人」以「仁道」治理國家、照顧人民，都是在這個基礎下發展出來的思想。

「故古之人君，量而不欲入者，許由、務光是也；入而又去之者，堯、舜是也；初不欲入而不得去者，禹是也。」這裡舉的幾個例子，不是傳說中的賢人就是聖王。值得一提的是，這些人的相關記載其實不多。用比較客觀的角度來看，將這些人格形象，視為一個想像出來的理想標準。

這些形象與他們的真實面貌必然有落差。但作者在這裡要談的問題，確實也是「理想」性的問題，所以用傳說、傳統認知中的聖賢人物來舉例，並不影響論述脈絡。

人們期待的是聖君賢相的出現，而非建立一個良好、完備的體制，這是傳統思維與民主思維的距離。

家天下

自歷史的演進來看，我很懷疑「公天下」是否真的存在過。但如同上一段談到的，古人對於文明起源有其想像，因此也有一種政治是由「公天下」淪為「家天下」的。黃宗羲此處「後之人君」以「我之大私為天下之大公」之情形，就是傳統封建體制所呈現的情況。

事實上古代的社會本就有明確的階級制度，人與人之間的不公不義存在已久。

「此無他」是指造成這些問題的只有一個原因。「今也以君為主，天下為客，凡天下之無地而得安寧者，為君也。」是將這些不公不義簡化，以君王獨佔所有利益為最大原因。當然，這種說法並不嚴謹，黃宗羲也沒有提供詳細的推論過程，只是順著前面設定好的「公」、「私」對比脈絡而來。這邊指出的原因，其實是一種對現狀的分析，並不夠深入。

家天下的概念，是長遠以來的封建階級制度的寫照，而這些制度，並不是根源於君王一人的心態；歷史不是少數人的意志可以輕易改變的。因此，若直接把這個心態當作一切的原因，嚴格來說沒辦法更確切地釐清問題。

所以這一段的重點，並非是透過這樣的歸納來解決根本問題，而是要點出這個現象的荒謬之處：君王本該是「客」，天下才是主，然而現今的情況卻截然相反，這是必須被重視的。

後面提到「產業」的概念特別值得注意。顯然，在黃宗羲之前，比較少人從這個角度去反思君權。以往的儒者、文人，較常思考的問題是如何「輔佐」君王去治理天下，要成為所謂的「帝王師」，對於君王是否「合理」成為天下之主，卻很少去質疑。

指出天下大害在「君」一身，若只就字面解讀，會成為一個過於片面、化約的說法。這裡的「君」，應解讀為整個失去本來精神的君主制度。依據黃宗羲的說法，「君」本來是為了解決「天下有公利而莫或興之，有公害而莫或除之」這個問題而出現的，但實際上非但沒有解決，反而造成更大的問題。這不是設立君主制度的目的。

舊時代想像

這裡的「古者」，正顯示了對於舊時代的想像。在過去的許多文人心中，這種今不如古的思維非常常見。上追其源，可以推回孔子那裡。

孔子對於周文化的推崇，對於周公制禮作樂的嚮往，正展現了這一種對過去美好時代的追想。黃宗羲此處的「古者」也是一個泛稱，並不特指哪個時代，甚至極有可能的，這個「愛戴其君，比之如父，擬之如天，誠不為過也」的時代，根本不曾存在。

黃宗羲探求君主之根本價值，且一直透過古與今的對比來呈現問題，很大一部分奠基於「今不如古」的思維。但這個思維並不一定是貴古賤今，只是道出了「理想與現實」之間的落差，只是透過一個理想世界的藍圖，對比出「今」（現實）的問題。

伯夷叔齊

「小儒規規焉以君臣之義無所逃於天地之間」一句，指出了墨守成規的儒者，不明「君」之本質，一味守著君與臣之間的表面規矩，認為「君臣之義」是絕對的、不容質疑的價值觀。

這也說明了一件事：一個錯誤觀念的橫行，問題不只在少數的執行者身上，很多時候，多數的人盲目跟從僵化的道德教條、不去思索根本內涵，才是造成問題的主因。這些人不只默許錯誤觀念橫行，甚至成為這些觀念的護持者，口口聲聲站在正義的一方，實際上卻

嚴重傷害了整個社會。「君」的無道，全因「小儒規規焉」死守著空具形式的「君臣之義」而起，這才是最嚴重的。

值得一提的是，黃宗羲認為伯夷、叔齊之事是「妄傳」的。

伯夷和叔齊留下的故事不多，〈伯夷列傳〉裡面只簡單說了他們是孤竹君的兒子，兩人都不願繼承王位，先後逃跑。最後，他們跑去投奔西伯姬昌，也就是後來的周文王。

姬昌死後，他兒子姬發，也就是後來的周武王，決定「討伐」商紂王。東征的途中，伯夷叔齊從半路跳出來，阻止武王伐紂，這就是有名的「叩馬而諫」。

當時伯夷叔齊阻止武王的理由有兩個：其一是「父死不葬，爰及干戈」，意即父親死了，不好好安葬他，還馬上去打仗。其二是「以臣弒君」。伯夷叔齊基於這兩點，認為武王此舉是不孝、不仁的行為。

司馬遷選擇記錄這些可能有他的用意。此處可以追問的是：如果文王有意思要伐紂，為什麼會留到他死後才由武王來執行這件事？這中間的疑慮是，「伐紂」究竟是文王的意思，還是武王的意思呢？

武王載著文王的神主牌去伐紂，宣稱這是文王的意思，這合不合理？

伯夷叔齊的理念雖然和武王有衝突，卻是得到孔子肯定的。孔子說伯夷叔齊：「求仁得仁，又何怨？」是說他們已經完成了自己心中追求的價值，又有什麼怨恨呢？

黃宗羲面臨的問題也和這個解釋有關，以〈原君〉的理念，伯夷叔齊反對的「以臣弒君」，理論上應該是要被許可的。但伯夷叔齊

又是傳統上受到孔子肯定的賢人，很難直接去否定這兩個人的價值。因此黃宗羲採取一個折衷的方式，乾脆將伯夷叔齊之事判定為假的，是儒者塑造出來維護君臣之義的「妄傳」之說。

關於「以臣弒君」這件事，從今天的角度來看，將這當作一個不能犯的罪加以否定者，絕對是舊封建社會的思想。

孟子也曾解釋過紂王無道，不配為人君的這件事，按照孟子的說法，武王伐紂可謂是天經地義。黃宗羲的思想得力於孟子很深，整篇〈原君〉之中所提到的思想，幾乎都可以在《孟子》那邊找到根源。

然而，還是必須岔出去提一下：說紂王無道、歌頌武王的，大多都是從周王朝、周文化的角度出發，這對殷商民族其實是不太公平的。比如孟子即是如此。如今看來「武王伐紂」就是周與殷兩個部族之間的征戰罷了。武王伐紂之前，塑造紂王的昏君形象，讓師出有名，這是很合理的政治操作。試想，如果「伐紂」是一個社會共識，那武王為什麼還要載著文王的神主牌出征，強調自己是繼承文王遺志伐紂呢？

一個掌權者再怎麼極權，都不能夠任意違逆整個社會的意志。

一個聰明的掌權者，絕對不會蠢到和民意對著幹。事實是，掌權者會透過種種方法合理化自己的行為，甚至操弄人民的認知，再宣稱自己的所作所為都是順應民意。類似的事件在歷史上不斷重演。

當然，這個層次黃宗羲本文是沒有處理到的，那是我們從今天更全面的角度來看歷史，

所研究出來的結果。黃宗羲處理的只是「君」的問題，特別提伯夷叔齊，是因為在他的認知中，商紂王仍是個不折不扣的暴君，是違反所謂人君之道的。

以臣弒君可乎？

孟子認為伐紂這件事根本稱不上以臣弒君，他說：「聞誅一夫紂，未聞弒君也。」孟子的思想其實充滿了革命意味，所謂：「君之視臣如手足，則臣視君如腹心；君之視臣如犬馬，則臣視君如國人；君之視臣如土芥，則臣視君如寇讎。」君主怎麼看待臣子，臣子就怎麼看待君主，所以責任還是回歸到君主身上，而不是臣子盲目的服從。

這類思想自然不被歷代的君王所喜，《孟子》一書的地位，也遲至宋代才漸漸提升。黃宗羲後面說：「是故武王聖人也，孟子之言，聖人之言也。後世之君，欲以如父如天之空名禁人之窺伺者，皆不便於其言，至廢孟子而不立，非導源於小儒乎。」

這邊的「不便於其言」，指的就是歷代《孟子》一書的地位始終被打壓。「廢孟子不立」，說的是朱元璋廢《孟子》一事。

朱元璋的《孟子節文》，刪掉了「民為貴，社稷次之，君為輕」、「殘賊之人謂之一夫，聞誅一夫紂矣，未聞弒君也」等章句，更說「使此老在今日寧得免耶！」這當然顯現出朱元璋的醜態，卻也暴露了君王對於孟子革命思想的恐懼。試想，一個君主做不好，他就不夠格稱為君主，人民也就無須遵守所謂君臣之義，人人得而誅之。這對傳統的封建思想，無

疑是一個非常大的威脅。

黃宗羲此處把這些問題歸給小儒，看似避免正面批評君主，事實上，卻是指出了問題真正的核心。如前所述，一個觀念的敗壞、腐化，絕非一人一時可以造成的，而是整個社會默許的結果。這些知識分子掌握了社會的主流思想、話語權，卻不明君臣之義的本質，只是死守一個空殼，這才是造成社會混亂、君王殘害百姓真正的致命原因。

眾人不自由

得天下者並不是要為天下服務，而只是一己私利，這個歷史邏輯至今仍然存在，諷刺的是，直至民主制度產生了，人民也被賦予了制衡的力量，這個思維仍支撐著許多政客的野心。似乎人民永遠在抵抗這些貪婪、需索無度的掌權者，制度一再翻新，掌權者的手段也一再包裝，透過種種手段獲取更大的利益。

「攝緘縢，固扃鐍」典出《莊子．外篇．胠篋》的「則必攝緘縢，固扃鐍」。攝是收束的意思，緘是打結的意思，縢是繩索。扃是關鈕，鐍是鎖鑰。整句話的意思是極力鞏固、固守天下，就好像用繩索、鎖鑰層層防護，防止盜匪一樣。

然而，在過去的時代，許多王室子女是別無選擇的。黃宗羲最後筆鋒一轉，反過來替這些別無選擇之人感嘆，說：「昔人願世世無生帝王家，而毅宗之語公主，亦曰：『若何為生我家！』痛哉斯言！」毅宗對公主說「若何為生我家」，是感歎公主的不幸，更慨歎自己的不幸。

在權力的遊戲中，即便貴為皇族，也只是枚棋子。這不禁讓人想問，自由到底是什麼，世人所汲汲營營的，究竟又是什麼？

「無窮之悲」是黃宗羲此篇所扣問的最後一個問題，也是人類歷史上一直沒有被解決的一個大問題。

即便到了今日，已不見過去絕對專制的君權制度，但人們依然不斷親手編織著囚禁自己的牢籠，依然讓欲望橫流成種種壓迫、鬥爭。人們追求的似乎都不是自己真正所想要的，只是在證明自己擁有別人所沒有的。這樣的心態和過去家天下的運作邏輯並無二致，只是隱藏在各個社會規矩之中，被種種話語、似是而非的價值觀包裝著，讓人不自覺。

經過了千百年，我們似乎仍是活在那個「人各自私、人各自利」的時代，只是那些苦難被藏得更深了，我們的世界也更複雜難解了。

第二課

牡丹亭之驚夢

湯顯祖

帥氣的男演員，有很多女粉絲，主打「情欲流動」，
讓當時的「護家盟」們都震驚了。

作者

湯顯祖　字義仍，二十八歲自號海若，四十九歲時自號海若士，隔一年又自號若士，所以有些湯顯祖的傳稱他為「海若」，有些稱「若士」，主要是時序的問題，此處暫時不必深究。

湯顯祖是明末極重要的劇作家。過往教材因為選文形式、篇幅，很難呈現重要的戲曲作品，這是比較可惜的地方。他的作品除了藝術價值極重要，更反省了那個時代的大小問題，有宏觀的、有微觀的，非常值得重視。

湯顯祖是萬曆年間人，當時政治黑暗，湯顯祖先得罪首輔張居正，張居正死後又得罪首府申時行，好不容易當官了，又上書抨擊政治，得罪神宗皇帝，最後又被貶官。

萬曆年間的明朝，是一個複雜的時代。先後掌權的張居正、申時行，都是有野心、有手腕的政治家。這兩人權力極大，更會透過種種手段排除異己。張居正在世時名聲極好，死後遭到政治鬥爭，地位名聲一落千丈，正反映了殘酷的政治現實。

湯顯祖因不肯巴結權貴，後來索性棄官歸隱，專事創作。過去教材有人說他性格剛正不阿，這是根據事實所下的結論，並不為過，但不徹底。

湯顯祖這人急公好義，帶點任俠氣，頗以天下為己任，對世俗有很多意見。要談湯顯祖的性格與思想特色，談他作品裡歌頌的那些情欲與掙扎，至少要從兩個人談起。

這兩個人一個是泰州學派的代表人物羅近溪，也就是羅汝芳。一個是晚明著名的異端思想家李贄。羅近溪是湯顯祖的老師，李贄則是湯顯祖十分崇仰的人，這兩個人的思想與對文學的主張，對湯顯祖的創作理念造成巨大的影響，這是無庸置疑的。

這裡先岔出去解釋一下明代的思想背景。一般認為宋明以來，儒學全面復興，大致又可以分為「理學」和「心學」兩個脈絡。明代最重要的思想家當歸王陽明，他的學說就是「心學」。相對於以朱熹為代表的「理學」，將人一切的行為準則，背後的價值根源，回歸到人的「本心」，是「心學」最重要的核心思想。

這樣的概念上承孟子而來。孟子認為人性本善，人只要能夠找回丟失的、發明被遮蔽的「本心」，就能夠走上正途。一切道德修養的基礎，皆由此而來。

那麼，究竟「理學」跟「心學」有著什麼樣的差別呢？

簡單來說，朱熹認為讀書是「窮理」的方法，要想從這個世界上找出一些道德原則，必不能不「讀書」。然而如王陽明這樣的心學家，卻認為人的價值原則，應該要回到人的內心，而不是只一味接受書上的道理。

這樣的看法對後世影響至為重要。

試想，人死不能復生，即便經典所記載的真是聖人之言，即便聖人之言再怎麼精闢，今人在讀經典時，依然得面對重新詮釋、如何詮釋的問題。而詮釋這些經典時，除了嚴謹的方法之外，更重要的，無非是要回歸人的生活、人的內心，來探討所有價值的對錯。

心學家將價值根源拉回人心，許多生命原

初的欲望、情感等也逐漸受到肯定。

「泰州學派」由王陽明的弟子王艮為代表，被稱為左派王學，標榜自由解放，貼近百姓日常，勇於挑戰各種規矩，因此也惹出不少爭議。黃宗羲的《明儒學案》說：「泰州之後，其人多能以赤手搏龍蛇，傳至顏山農、何心隱一派，遂復非名教之所能羈絡矣。」可以明顯看出泰州學派草莽叛逆的性格。

羅近溪是王艮的三傳弟子，泰州學派的重要代表人物，也是湯顯祖的老師。湯顯祖十三歲「從羅近溪游」，十七歲正式拜師，羅近溪最著名的「赤子良心說」，影響湯顯祖非常深。所謂赤子良心說，就是從自然的生生不息之理，開展出人間的孝、悌、慈等道德價值。羅近溪認為人間的道理無非由一片赤心而來，就像草木萌發、飛鳥流雲如此自然，無須加以任何善惡的判斷。

正因為從最原初的生命價值重構了整個道德概念，羅近溪並不那麼重視世俗規矩。

羅近溪這一班泰州學派人物，多多少少都帶有一點游俠氣，仗義救人，輕視傳統禮教。這群人被世俗儒者視為怪物，但著名的異端思想家李贄卻對這群人推崇備至。

李贄，號卓吾，是晚明極重要的思想家、文學家，雖與泰州學派沒有正式師承關係，但其思想與泰州學派淵源極深，甚至更加激進、大膽。

李贄特立獨行，一生惹下不少風波，評價兩極，毀譽參半。他提出的「童心說」影響當時的文壇極深。童心說和羅近溪所提的「赤子良心」概念相同，只是李贄將這樣的標準放到文學作品上，認為文學作品應該要有童心、真

心，方可見其價值。這個概念顛覆了傳統的文學評價方式，讓文學的價值回歸到人的真心、童心。這個評價標準的轉換，讓許多傳統上不被重視的作品，諸如小說、戲曲等，終於可以進入文學的殿堂。

湯顯祖師事羅近溪，又十分崇仰李贄，從他的作品之中對於人原初情欲的肯定，可以明顯看出這兩人的影響。湯顯祖的作品特別重視人欲，或者說，他提供了許多角度，讓人反思種種壓抑人欲的禮教規範是否合理。一般談湯顯祖作品，會很容易感覺到他反傳統的思想，但湯顯祖也不全然是一味衝撞體制的激進分子。

從上面的脈絡來看，湯顯祖等人呈現出來的反傳統性質，並不是毫無根據的，在整個思想的理路上也不是創新的。很多時候，「反傳統」只是在扣問更基本的問題。

從朱熹集儒學大成以來，他對於經典的解釋已漸漸成為整個時代的主流、和科舉考試結合，士人們因此多數服膺朱熹的學說，罕有質疑。

然而，當一個思想逐漸權威化，則勢必走上僵化、教條化一途，這是歷史不變的運作邏輯。朱熹對儒學貢獻確實不容忽視，但當他的學說成為主流，同時也就限制了許多思想的發展空間，甚至產生許多看似合理的階級壓迫。

朱熹的理學對於人欲的打壓尤其嚴重。基於對「存天理、去人欲」的直接理解，學者們認為透過禮法約束，去遮蔽、控制、泯除人欲，以維持社會秩序，確實有其必要性。然而，這些禮法規矩雖有其存在的必要，卻不能成為一個絕對的、放諸四海皆準的標準。

明代學者仍受朱熹學說的影響，因此自王

陽明乃至泰州學派等「心學」一派，都可視為對於整個朱熹學說權威的反思、反動。

這一學派的特色不再是單方面接受經典的規矩、教條，不再服膺過往的權威或是塑造新的權威，而是全面去反思這些秩序背後被壓抑的人性，直追當年孟子一直強調的「本心」，希望透過這樣的追本溯源，找回人為善的基礎，找回一切行為、欲望的根本價值。此思想接近人的自然、熱情，有學者認為這是一種自然主義的表現。

湯顯祖《牡丹亭》中，杜麗娘的唱詞「一生愛好是天然」，似有意若無意的正扣合了這個思想基底。

「愛好」的「好」字若未特別留意，一般習慣讀作「ㄏㄠˋ」，「愛好」就是喜歡、喜好的意思，不過這個解釋並不透徹。湯顯祖使用「愛好」一詞，「好」亦可讀作「ㄏㄠˇ」，如此「好」就是美好、美麗的意思，「愛好」指的就是愛美。這個用法在湯顯祖其他作品中也可見到，我認為這比較符合整個作品的思想內涵。

「天然」指的不是山林草木這些俗稱的大自然，「然」大致上可解作「如此」、「這個樣子」。「天然」是指萬物自身本應有的樣子。回歸本初的模樣，脫去人們認定的、想像的那些形象，沒有什麼事物「該是什麼樣子」，而只有它們「本來是什麼樣子」。

「一生愛好是天然」作如此解，杜麗娘的愛美是天性使然，是人性如實的呈現。

這一點反省至為重要，讓我們在讀湯顯祖作品時，可以進一步掌握他點出的種種社會問題與人性的關係，也讓我們可進一步思考人們

所製造的規矩、所定義的價值是否合理，又是否在無形之中傷害或壓迫了什麼。

附帶一提，湯顯祖很早即對佛學、禪學有興趣，與高僧紫柏真可往來密切，更於四十一歲正式成為佛徒，禪名「寸虛」。禪學直指本心的教法與泰州學派很像，當時許多心學家都與禪學有很深的關係。湯顯祖《牡丹亭》之後的作品，受佛學影響更為明顯。本篇雖只談了湯顯祖和儒學、心學的關係，但他與佛學思想的淵源仍可注意一下。

題解

《牡丹亭》是湯顯祖的代表作，也一直被視為那個時代最偉大的作品。

湯顯祖完成《牡丹亭》時年四十九，這一年他棄官返鄉，結束十五年宦海浮沉。棄官後這段日子，是湯顯祖的創作力最充沛，一切藝術成就登峰造極之時。這時湯顯祖思想大致上定了，對於社會的觀察與反思較年輕時必深刻許多，作品內容在細節上更能貼近明代的社會，反應最現實、迫切的時代問題。

故事由南安太守杜寶之女杜麗娘出發，寫一個懷春少女在夢中邂逅了嶺南書生柳夢梅，因相思不可得抑鬱而終。杜麗娘臨終前將自己的畫像封存並埋入亭旁，三年後柳夢梅赴京趕考，因緣際會下發現杜麗娘的畫像，杜麗娘的鬼魂現身，要柳夢梅掘墳開棺，而後復活，並與柳相戀。隨後柳夢梅高中狀元，二人又經過許多波折，包含最大的阻礙——杜麗娘父親杜寶的反對。當然，最後二人克服萬難，終成眷屬，這段故事也有了圓滿結局。

由於篇幅問題，過去的教材只能節錄部分，最常見的課文是〈遊園〉，寫杜麗娘遊園，看見良辰美景，觸動許多心事。然而，在原著中並沒有所謂〈遊園〉一摺，實際上那是原著中的〈驚夢〉，崑曲《牡丹亭》裡才分為〈遊園〉與〈驚夢〉兩摺。

沒有選錄全部的〈驚夢〉，篇幅固然是一個原因，但我想更大的理由在於〈驚夢〉後段寫杜麗娘在夢中與柳夢梅雲雨歡欣，涉及男女

交合情節，因此選文者礙於尺度，便只節選了前半部分，即杜麗娘遊園觸動心事一段，也就是後來我們見到的〈遊園〉一課。

這樣的刪減固然有其考量，但杜麗娘的傷春若不與情、欲，尤其是肉體的欲望放在一起看，便會顯得有些突兀，也不能體現《牡丹亭》真正扣問的大問題。人們若只是看到「良辰美景奈何天，賞心樂事誰家院」等的哀嘆，很難理解杜麗娘是如何被春景觸動，最後又如何為愛而死，再為愛而生。

湯顯祖在《牡丹亭》的題詞中這樣寫道：「情不知所起，一往而深，生者可以死，死可以生。生而不可與死，死而不可復生者，皆非情之至也。」

「情」的概念確實是《牡丹亭》的核心，湯顯祖用生與死來寫情，並言「生而不可與死，死而不可復生者，皆非情之至也」，這樣的宣稱似乎有點誇大武斷，我們固然可將杜麗娘的死與復活，視為增加張力的戲劇手法，畢竟世上沒人真的能夠生而死，死而生。

然而，也許還可以進一步思考，當湯顯祖將情與生命連結，讓人為情而死生，這又意味著什麼？

人的「情」是與生俱來的，因此「不知所起」卻「一往而深」，我們很難找到理由去解釋情情愛愛是怎麼產生的，又是怎麼由一點悸動漸漸變為刻骨銘心。但正因為情沒有來由、無法解釋，更代表了這是人們生命中不可分割的一部分。如此一來，《牡丹亭》所欲探討的問題也就呼之欲出了。

當人原初的生命特質，與現實的禮法規範相牴觸時，社會價值與封建體制壓抑了人的情

感，又會造成什麼樣的後果呢？

《牡丹亭》中談到的是自由與名教的衝突，背後隱含著長久以來女性追求自由獲得的支持遠遠不如男性的問題。

明代雖然是一個思想解放的時代，許多思想家不斷對傳統規矩提出質疑，也從各方面肯定了人的欲望、情感。然而，過往談論這個時代，往往著重於那些思想家們進步的思想，而忽略了並不是整個時代的人們，都能享受到那些進步的空氣。

我要說的是，在中國歷史上，女性的地位永遠比不過男性，得到的自由永遠比男性要少、要來得遲。女人的價值依靠男人彰顯，相夫教子、貞操節烈，這是我們的歷史給予我們的、值得歌頌的女子形象。

追求自由的男性，往往是被讚揚的對象，是體制的挑戰者、改革者，這些人為了自己的理念付出性命，名聲也是自己的。而女人的主體性卻在社會結構下被犧牲，她只能順著大家期待的標準去實踐那些價值，或者更精確點說，是「男人定義」的價值。

「名節」的觀念不正是男人所創造出來的嗎？男人再娶有多少風流浪漫，女人再嫁又有多少輕賤辛酸？我們的社會只允許男人多情，卻看不起女子水性，自古皆然，這一點無須辯駁。

男人發明了禮教來壓抑自身的情欲，換取道德之名，而被壓抑的情欲轉到檯面下繼續流動，一切罪名，卻由女性承擔。發生性行為損失的一定是女性，獲得的一定是男性，如果女方心甘情願，就是淫婦、蕩婦，如果還賣錢了，那就是妓女、婊子。

事實是這樣的，唯有有背景、有權勢的

人，才有資格定義所謂的值不值得。而這些巨大的價值觀背後，父權的陰影依然揮之不去。「是女人就該如何如何」，都是男人說了算。

明朝看似是一個思想解放的朝代、逐漸重視起情欲與人性，然而，那畢竟是男人的事，是男人的遊戲規則。

關於女人，從來就不配擁有那些。男人越是找到理由放縱，女人就越是要被束縛。我們讀歷史，往往只在意那些男人所想的，卻忽略那些女人所遭遇的、面對的。可女人從來就不該屬於男人，或者說，沒有人該從屬於任何人不是嗎？

一般讀《牡丹亭》，都會不自禁站到杜麗娘那一邊，為她的自由受到限制而抱不平。然而，或許不自由的不只是杜麗娘一個人。看看杜麗娘的父親杜寶，我們在他身上看到了封建、階級、禮教，看到千百年來對於壓抑女性地位的縮影，但身為父親、地方官，身為一個男人的杜寶，他真的有比較自由嗎？

於是我們終於明白，侵奪別人的自由並不會讓自己更自由，不論這個侵奪者是有意還是無意，自覺或是不自覺。杜寶與杜麗娘、柳夢梅，甚至故事中那個時代的人們，都囚禁在一個更大的框架，掙扎、陷溺，一樣的不可自拔。

不禁令人反思，自由到底是什麼？在不明白諸多規矩所為何來之前，只是默默地遵守著，似乎永遠缺少了什麼。表面看似是權力結構的上位者，實際上也不能隨心所欲；壓抑人性原始欲望的種種禮教與道德，看似提供了穩定社會的基礎，實際上又犧牲了什麼價值，又有多少不公不義暗流洶湧？

《牡丹亭》從來不只屬於那個時代。

課文

【遶地遊】（旦上）**夢回鶯囀，亂煞年光遍。人立小庭深院。**（貼）**炷盡沉煙，拋殘繡線，恁今春關情似去年？****【烏夜啼】**「（旦）曉來望斷梅關，宿妝殘。（貼）你側著宜春髻子恰憑闌。（旦）翦不斷，理還亂，悶無端。（貼）已分付催花鶯燕借春看。」（旦）春香，可曾叫人掃除花徑？（貼）分付了。（旦）取鏡臺衣服來。（貼取鏡臺衣服上）「雲髻罷梳還對鏡，羅衣欲換更添香。」鏡臺衣服在此。

【步步嬌】（旦）裊**晴絲吹來閒庭院，搖漾春如線。**停**半晌、整花鈿。沒揣菱花，偷人半面，迤逗**的**彩雲偏。**（行介）步香閨**怎便把全身現！**（貼）今日穿插的好。

【醉扶歸】（旦）你道**翠生**生**出落**的**裙衫**兒**茜，豔晶**晶**花簪八寶填，**可知我常**一生**兒**愛好是天然。**恰**三春好處無人見。**不提防**沉魚落雁鳥驚諠，**則怕的**羞花閉月花愁顫。**（貼）早茶時了，請行。（行介）你看：「畫廊金粉半零星，池館蒼苔一片青。踏草怕泥新繡襪，惜花疼煞小金鈴。」（旦）不到園林，怎知春色如許！

【皂羅袍】原來奼紫嫣紅開遍，似這般都付與斷井頹垣。良辰美景奈何天，賞心樂事誰家院！恁般景致，我老爺和奶奶再不提起。（合）朝飛暮捲，雲霞翠軒；雨絲風片，煙波畫船——錦屏人忒看的這韶光賤！（貼）是花都放了，那牡丹還早。

【好姐姐】（旦）遍青山啼紅了杜鵑，荼蘼外煙絲醉軟。春香呵，牡丹雖好，他春歸怎占的先！（貼）成對兒鶯燕呵。（合）閒凝眄，生生燕語明如翦，嚦嚦鶯歌溜的圓。（旦）去罷。（貼）這園子委是觀之不足也。（旦）提他怎的！（行介）

【隔尾】觀之不足由他繾，便賞遍了十二亭臺是枉然。到不如興盡回家閒過遣。（作到介）（貼）「開我西閣門，展我東閣牀。瓶插映山紫，爐添沉水香。」小姐，你歇息片時，俺瞧老夫人去也。（下）（旦歎介）「默地遊春轉，小試宜春面。」春呵，得和你兩留連，春去如何遣？咳，恁般天氣，好困人也。春香那裏？（作左右瞧介）（又低首沉吟介）天呵，春色惱人，信有之乎！常觀詩詞樂府，古之女子，因春感情，遇秋成恨，誠不謬矣。吾今年已二八，未逢折桂之夫；忽慕春情，怎得蟾宮之客？昔日韓夫人得遇于郎，張生偶逢崔氏，曾有《題紅記》、《崔徽傳》二書。此佳人才子，前以密約偷期，後皆得成秦晉。（長歎介）吾生於宦族，長在名門。年已及笄，不得早成佳配，誠為虛度青春，光陰如過隙耳。（淚介）可惜妾身顏色如花，豈料命如一葉乎！

【山坡羊】沒亂裏春情難遣，驀地裏懷人幽怨。則為俺生小嬋娟，揀名門一例、一例裏**神仙眷。甚良緣，**把**青春拋的遠！**俺的**睡情誰見？**則索**因循腼腆。**想**幽夢誰邊，**和**春光**暗**流轉？遷延，**這**衷懷那處言！淹煎，**潑**殘生，除問天！**身子困乏了，且自隱几而眠。（睡介）（夢生介）（生持柳枝上）「鶯逢日暖歌聲滑，人遇風情笑口開。一徑落花隨水入，今朝阮肇到天臺。」小生順路兒跟著杜小姐回來，怎生不見？（回看介）呀，小姐，小姐！（旦作驚起介）（相見介）（生）小生那一處不尋訪小姐來，卻在這裏！（旦作斜視不語介）（生）恰好花園內，折取垂柳半枝。姐姐，你既淹通書史，可作詩以賞此柳枝乎？（旦作驚喜，欲言又止介）（背想）這生素昧平生，何因到此？（生笑介）小姐，咱愛殺你哩！

【山桃紅】則為你**如花美眷，似水流年，是答**兒**閒尋遍。**在**幽閨自憐。**小姐，和你那答兒講話去。（旦作含笑不行）（生作牽衣介）（旦低問）那裏去？（生）轉過這**芍藥欄前，**緊靠著**湖山石邊。**（旦低問）秀才，去怎的？（生低答）和你把**領扣鬆，衣帶寬，袖梢兒**揾著**牙兒苫也，**則待你**忍耐溫存一晌眠。**（旦作羞）（生前抱）（旦推介）（合）是**那處曾相見，相看儼然，**早難道這**好處相逢無一言？**（生強抱旦下）（末扮花神束髮冠，紅衣插花上）「催花御史惜花天，檢點春工又一年。蘸客傷心紅雨下，勾人懸夢綵雲邊。」吾乃掌管南安府後花園花神是也。因杜知府小姐麗娘，與柳夢梅秀才，後日有姻緣之分。杜小姐遊春感傷，致使柳秀才入夢。咱花神專掌惜玉憐香，竟來保護他，要他雲雨十分歡幸也。

【鮑老催】（末）單則是**混陽蒸變**，看他似**蟲兒**般**蠢動**把**風情搧**。一般兒**嬌凝翠綻魂兒顫**。這是**景上緣，想內成，因中見**。呀，**淫邪展污**了**花臺殿**。咱待拈片落花兒驚醒他。（向鬼門丟花介）他**夢酣春透**了**怎留連？拈花閃碎**的**紅如片**。秀才纔到的半夢兒；夢畢之時，好送杜小姐仍歸香閣。吾神去也。（下）

【山桃紅】（生、旦攜手上）這一霎**天留人便，草藉花眠**。小姐可好？（旦低頭介）（生）**則把雲鬟點，紅鬆翠偏**。小姐休忘了呵，見了你**緊相偎，慢廝連**。恨不得**肉兒般團成片也**，逗的箇日**下胭脂雨上鮮**。（旦）秀才，你可去呵？（合）是**那處曾相見，相看儼然**，早難道這**好處相逢無一言？**（生）姐姐，你身子乏了，將息，將息。（送旦依前作睡介）（輕拍旦介）姐姐，俺去了。（作回顧介）姐姐，你可十分將息，我再來瞧你那。「行來春色三分雨，睡去巫山一片雲。」（下）（旦作驚醒，低叫介）秀才，秀才，你去了也？（又作癡睡介）（老旦上）「夫壻坐黃堂，嬌娃立繡窗。怪他裙衩上，花鳥繡雙雙。」孩兒，孩兒，你為甚瞌睡在此？（旦作醒，叫秀才介）咳也！（老旦）孩兒怎的來？（旦作驚起介）奶奶到此！（老旦）我兒，何不做些鍼指？或觀玩書史，舒展情懷？因何晝寢於此？（旦）孩兒適花園中閒玩，忽值春暄惱人，故此回房。無可消遣，不覺困倦少息。有失迎接，望母親恕兒之罪。（老旦）孩兒，這後花園中冷靜，少去閒行。（旦）領母親嚴命。（老旦）孩兒，學堂看書去。（旦）先生不在，且自消停。（老旦歎介）女孩兒長成，自有許多情態，且自由他。正是：「宛轉隨兒女，辛勤做老娘。」（下）（旦長歎介）（看老旦下介）哎也，天那！今日杜麗娘有些僥倖也。偶到後花園中，百花開遍，覩景傷情。沒興而回，晝眠香閣。忽見一生，年可弱冠，丰姿俊妍。於園中折得柳絲一枝，笑對奴家說：「姐姐既淹通書史，何不將柳枝題賞一篇？」那時待要應他一聲，心中自忖，素

昧平生，不知名姓，何得輕與交言。正如此想間，只見那生向前說了幾句傷心話兒，將奴摟抱去牡丹亭畔，芍藥闌邊，共成雲雨之歡。兩情和合，真箇是千般愛惜，萬種溫存。歡畢之時，又送我睡眠，幾聲「將息」。正待自送那生出門，忽值母親來到，喚醒將來。我一身冷汗，乃是南柯一夢。忙身參禮母親，又被母親絮了許多閑話。奴家口雖無言答應，心內思想夢中之事，何曾放懷。行坐不寧，自覺如有所失。娘呵，你教我學堂看書去，知他看那一種書消悶也。（作掩淚介）

【綿搭絮】（旦）**雨香雲片**，纔到**夢兒邊。無奈高堂，喚醒紗窗睡不便。潑新鮮冷汗粘煎**，閃的俺**心悠步嚲，意軟鬟偏**，不爭多**費盡神情，坐起誰忺**，則**待去眠**。（貼上）「晚妝銷粉印，春潤費香篝。」小姐，薰了被窩睡罷。

【尾聲】（旦）**困春心遊賞倦，也不索香薰繡被眠**。天呵，**有**心**情**那**夢兒**還**去不遠**。

春望逍遙出畫堂，張　說　　間梅遮柳不勝芳。羅　隱

可知劉阮逢人處？許　渾　　回首東風一斷腸。韋　莊

賞析

精心打扮的少女

〈驚夢〉之前有一齣〈閨塾〉，也就是有名的「春香鬧學」一段。春香是杜麗娘的婢女，個性調皮，在戲中扮演極重要的腳色。

〈閨塾〉之中，老學究陳最良教杜麗娘《詩經》的〈關雎〉篇，產生許多有趣的對話。陳最良是食古不化的典型腐儒，他教杜麗娘讀〈關雎〉，用的就是那套最沒情調的解釋，將一首愛情詩解為「后妃之德」的教化詩。

在他的價值觀裡，整部《詩經》都是聖人之言，充滿了教化之道，這明顯是受到朱熹學說的影響。陳最良在戲中的臺詞全是朱熹對《詩經》的注解，這諷刺了當時讀書人的拘泥僵化，也道出許多封建教條化的思想，和朱熹的學說流行脫不了關係之現象。

有了這些前情提要，再來理解〈驚夢〉會比較踏實。在杜麗娘看來，〈關雎〉有沒有教化功能根本不是重點，她只嚮往詩歌之中的男歡女愛。杜麗娘沒有談過戀愛，對男女之情固然只是想像，但這正說明了這份情感完全是天性使然，不需要透過任何後天的學習來養成。

這些渾然天成的情感，與受朱熹學說所重視的「教化」、「天理」，有根本上的衝突。

「亂煞年光遍」中的「年光」指的是「春光」。杜麗娘遊園，看春光燦爛，心中卻「剪不斷，理還亂，悶無端」。「無端」是沒來由

的意思。湯顯祖在題詞中寫「情不知所起」，說明了這些情愛的愁緒煩惱是天生的，來的時候沒什麼特別原因。

我們知道這是少女懷春，似乎人性本該如此。「宜春髻子」是立春那天婦女髻子上戴的燕子狀剪綵，上面會貼「宜春」二字。這邊由婢女春香道出「你側著宜春髻子恰憑闌」這句有點俏皮的話，略帶些調侃意味，非常生動地勾勒出少女懷春的形象。

杜麗娘要春香去拿鏡臺衣服，攬鏡自照，看自身的穿著打扮，這個橋段安排是有意思的。「裊晴絲吹來閒庭院，搖漾春如線」這句寫得很傳神，「晴絲」諧音指「情絲」，將春天與人心中的情緒融在一起，並以絲線的形象比擬，是配合著前面的「剪不斷、理還亂」而來。無端愁緒和春色連結在一起，為了後面的「傷春」做鋪墊，這部分我們留待後段再談。

後面的「沒揣菱花，偷人半面，迤逗的彩雲偏」，「沒揣」是不意、沒料到的意思，「菱花」就是鏡子，古時候鏡子後面有刻菱花，所以這樣代稱。「迤逗」就是挑逗、引逗，「彩雲」是美麗的頭髮。這裡整段都在勾勒杜麗娘懷春的嬌羞樣態，沒來由被鏡子一照，「偷人半面」，看到自己的鏡中影，竟把頭髮也弄偏了。一般解釋都說這段是杜麗娘怯生生的嬌羞樣態，大致不錯。配合前段「宜春髻子」的形象，杜麗娘忐忑不安的姿態更加完整，這是湯顯祖的功力所在。

「宜春髻子」是立春這天特別的打扮，是一個迎春的習俗。此處特別讓「宜春髻子」出現應是有用意的。「迎春」只是一個形式，和許許多多的習俗一樣，人們不太會去過問目的

與細節。

不過「宜春髻子」戴在杜麗娘的髮上，給人的感覺卻又不同了。杜麗娘迎來的春光明媚，觸動沒來由的心事，包含宜春髻子在內的打扮，都可見湯顯祖的刻意經營。後面春香說：「今日穿插的好。」「穿插」就是打扮，明顯凸顯了杜麗娘精心打扮的一番心思。

「恰三春好處無人見，不提防沉魚落雁鳥驚諠，則怕的羞花閉月花愁顫」一段，「三春好處」、「沉魚落雁」、「閉月羞花」寫的都是杜麗娘的美貌，但這些美貌無人能欣賞，惆悵也由此而生。後面寫「不到園林，怎知春色如許」，和前面一段詞合起來看，這句感嘆就有了另一層意思：人不到園林，春色畢竟沒有人欣賞，再美也是徒然。那杜麗娘的青春美貌是否也如此呢？

二十四番花信風

後花園自有其象徵意義，複雜的文學手法這裡就先不談了，我想談的是唱詞中提到的那些花花草草。

過去宋代理學家周敦頤不除窗前的草，全部一任自然。在周敦頤看來，這是一片可愛的、生意盎然的景色，不需要特別去除。

草的生命力強，用以代表自然界的生生不息再適合不過。思想家們往往會在自然景物中體悟人生，喜歡天地間的生生不息，認為這是「天理」、「天德」。

杜麗娘在園中見到春景，雖不盡然與這些思想家們有相同的感觸，但某種程度上，存在著一個極類似的運作邏輯。

「一生愛好是天然」這句特別值得重視。

前面有提過，這裡是杜麗娘說自己愛美是天性使然。那麼，當後花園景色生機蓬勃一派自然，人又為什麼會被種種規矩限制，不能盡情展露自己的情感呢？

所以後面的「原來奼紫嫣紅開遍，似這般都付與斷井頹垣。良辰美景奈何天，賞心樂事誰家院」在解讀上就更有意思了。天然的奼紫嫣紅、良辰美景和杜麗娘的青春美貌是一樣的，對杜麗娘來說，這些美麗的花朵無人欣賞，就沒有了美麗的意義。少女的青春年華，沒有愛情點綴，再美麗也是徒然。

「遍青山啼紅了杜鵑」用杜鵑啼血的典故，寫杜鵑花開滿山，這裡特別提杜鵑或多或少有其用意，後面一併談。

「荼蘼」是晚春的花，古有「二十四番花信風」的說法。古時以五日為一候，三候為一節氣，從「小寒」到「穀雨」八個節氣，共二十四候。每一候有一種花代表，稱為「花信風」。

荼蘼花是第二十三節氣的花，開完不久就立夏了，宋代王淇〈春暮遊小園〉詩就寫了：「開到荼蘼花事了。」意味開到荼蘼花時，春天也該走了。《紅樓夢》第六十三回中也用了這典故，賈寶玉身邊的丫頭麝月，抽到荼靡花這支籤「荼靡花，韶華勝極」，背後的詩句即是「開到荼靡花事了」。暗示了在賈府破敗之後，麝月會是最後一個留在寶玉、寶釵身邊的丫頭。

牡丹是第二十二候開的花，在荼蘼花之前。基本上到穀雨前後，已是百花齊放了。這邊說「牡丹雖好，他春歸怎占的先」，「春歸」就是春天要走了，是慨歎牡丹花開雖美，

但春天卻也近尾聲了。

杜麗娘的「傷春」與歷來的誤解

杜麗娘遊園，結束在對春光的慨歎之中。春香說這園子「觀之不足」，杜麗娘懷著心事，要她別提了，但接下來的唱詞卻又由此而生。「觀之不足」是看不盡的意思，滿園春色看不盡，是因為這世上本沒有「看盡」這件事。

歐陽脩寫「直須看盡洛城花，始共東風容易別」，偏偏花就是看不盡，離人對於洛城就是如此捨不得。那些惹人留戀的，我們總是希望他再多留一下，如果可以，沒有人願意斷然捨離。最後決心離開的往往不是人，而是馬不停蹄、不斷流逝的時間。人捨不得過往的時光，但時光卻是不等人的，最後人們只有被時間狠狠拋下的分，這就是人的無奈。前面寫荼蘼花、寫春歸，總讓人與過往詩詞中屢屢出現的傷春之情聯想在一起。本來，「傷春」之情大致的運作模式是這樣子的，可是到了杜麗娘這裡，卻又不全然是這麼回事。

這裡牽扯到對「傷春」的幾個解讀。在二〇〇四年時，大學的指考題就曾因對傷春解讀有歧見，造成了極大的爭議。當時的考題及解答，將「原來姹紫嫣紅開遍，似這般都付與斷井頹垣」這兩句解釋為「藉春色難留寓託青春易逝」。所以從「姹紫嫣紅」到「斷井頹垣」，是時空的變化過程，是對春色終於逝去的描寫。杜麗娘想到原本盛放的花景終於消逝，因而感傷不已。

然而，這裡的問題在於，此處的「斷井

頹垣」寫的是後花園的場景，杜麗娘見到的景色是奼紫嫣紅開遍的，前面寫「不到園林，不知春色如許」，後面寫杜鵑、荼蘼花，都顯示杜麗娘遊園時，正是春光燦爛的時候。因此，「奼紫嫣紅」與「斷井頹垣」並不是一個變化過程，而是指這些美麗的花朵開在無人知曉的頹垣之中，枉費了這許多春色。這和杜麗娘感嘆自己的美貌沒有愛情滋潤，沒有人欣賞是一樣的。

歷來解釋這一段的「傷春」之情，解成時光流逝、惋惜青春，與《紅樓夢》等著作中對《牡丹亭》的詮釋脫不了關係。《紅樓夢》中林黛玉聽了〈遊園驚夢〉的崑戲，漸漸將杜麗娘的唱詞投射到自己身上，想到韶光易逝，紅顏將老，因而心神大受激盪。

這層解讀全然是曹雪芹添加上去的，是林黛玉自己加入生命經驗賦予的詮釋。然而，這雖不是原本的《牡丹亭》所直接涵蓋的意思，我們卻很難說在杜麗娘遊園時，特意寫了荼蘼花、杜鵑、春歸等意象，完全與時間流逝無關。

因此，杜麗娘的「傷春」雖與傳統的「感時傷逝」有別，「斷井頹垣」也不該被解讀為花凋謝之後的場景，但這一大段書寫，或多或少仍帶有一些傳統「傷春」的影子。

辛棄疾的〈賀新郎〉：「綠樹聽鵜鴂。更那堪、鷓鴣聲住，杜鵑聲切。啼到春歸無尋處，苦恨芳菲都歇。」杜鵑鳥啼的時間約莫是春末夏初，所以辛棄疾寫「啼到春歸無尋處」，指在杜鵑啼聲中春天也漸漸走遠了。湯顯祖前面寫杜鵑花，卻用杜鵑啼血的典故，讓杜鵑花與杜鵑鳥的形象都融在這段唱詞裡，使

開放的花與即將逝去的春天形成強烈對比。

用四季來喻人生，春天是一年之始，比作人生正值年少青春，但這有時不能用客觀的年齡和時間來判別。如果只是指年紀，那杜麗娘的傷春會顯得有些莫名，畢竟她這年才十六歲，還有大把的時光等著她。只是，人在年少時的期待與失落卻往往是一日三秋的，許多細微的情感會被放大，因著沒有受到現實磨難而特別純粹、特別強烈。

杜麗娘的青春也許還長，但那個十六歲怦然心動的春天，畢竟也就只有那麼一次。人生很常是這樣的，只是平時人們渾然不覺罷了。湯顯祖在摯友紫柏真可死後，曾寫下「看花泛月尋常事，怕到春歸不值錢」的句子，意謂生命中的那些美好，往日看來只是尋常，只是一旦逝去了，就什麼都不是了。

睡去巫山一片雲

〈驚夢〉的高潮段，在於遊園之後安排一個夢中場景讓柳夢梅出場，讓前面種種難以言宣的愁悶情感有了具體的出口。若沒有這場戲，遊園時被觸動的心事，杜麗娘相思成疾以至於抑鬱而死，是很難說服人的。

這裡可以思考的是，為何柳夢梅出現在夢中，必須要與杜麗娘發生肉體上的關係呢？這段安排是否有其必要性？

從柳生出場開始，就有許多逾矩的言詞，如「和你把領扣鬆，衣帶寬，袖梢兒搵著牙兒苫也。則待你忍耐溫存一晌眠」。其中「袖梢兒搵著牙兒苫也」這句話比較難理解，「搵著」是「按著」的意思，「苫」自有解作「顫動」的，也有解作「遮蓋」的。這邊用袖子把

牙齒遮住，有人解作咬袖子忍痛，也有人就舞臺動作來解，認為這個動作是「因追求被拒，感到不好意思而遮住面孔」。前者的解釋較為輕狂，後面的解釋加了許多曖昧因素，在藝術手法上層次更為豐富，整體的呈現也比較合理。

當然，杜麗娘與柳夢梅的雲雨場景是不可能在舞臺上被搬演的，所以後面讓末角花神出來，代替了這一段雲雨過程。

回頭思考這個夢中發生肉體接觸的重要性。假設夢中僅止於談情說愛，浪漫與美感固然可以營造，但似乎少了一點什麼。只因前面提到杜麗娘的煩悶是「無端」的，那是一種與生俱來的欲望。《孟子》有「人之所不學而能者，其良能也。所不慮而知者，其良知也。」的說法，那麼這種與生俱來，對男女之情的渴望，是否也該被視為一種「不學而能」的「良能」呢？這個問題追下去，恐怕會踩到許多人的道德界線。

關於「性」的描寫，多半與傳統的道德有所衝突，但當這個場景發生在夢中之時，是否又觸犯到道德的界線呢？這不禁讓人進一步反思，我們用「道德」來約束人的「欲望」，究竟會產生什麼問題？「道德」在這個社會上扮演的腳色到底是什麼，我們可以容許的界線又是什麼？

最後，可注意的是花神畢竟還是強調了杜麗娘和柳夢梅的夫妻緣分，這也許又是另一個時代的限制。試想，若這兩人沒有夫妻緣分，故事中也不會結為連理，那麼這一切即便是在夢中、與現實無涉，是否仍有可能是「不道德」的？

才子佳人夢中影

杜麗娘的傷春，是因為自己的愛情無處排遣，這邊是整齣戲的關鍵，不能不明說，所以湯顯祖讓杜麗娘自己說了：「吾今年已二八，未逢折桂之夫；忽慕春情，怎得蟾宮之客？」

這裡難解的是，人到了二八年華，即十六歲，為什麼會慨歎自己沒有「折桂之夫」、「蟾宮之客」？所謂「折桂之夫」、「蟾宮之客」值得注意。「蟾宮折桂」是古時形容中狀元之典故，這裡可以看出杜麗娘心目中的伴侶，那個他想像出來的情郎，是一個考取功名的讀書人。這個想像明顯來自於傳統「才子佳人」的設定。

杜麗娘前面提到「昔日韓夫人得遇于郎，張生偶逢崔氏」這兩個典故分別用了唐傳奇《流紅記》與《鶯鶯傳》的典故，後面《崔徽傳》應是湯顯祖的筆誤。這些故事都是杜麗娘看書看來的，在深閨中成長，未曾見過外面的世界，杜麗娘對於男女之情的想像只能來自於書本，且屬於這類「才子佳人」的傳統格局，她渴望的美好「戀情」與「婚姻」基本上脫不了關係。

後面夢到柳夢梅的一段，也就同時落在這個框架裡面。柳夢梅並不是一個沒來由的陌生男子，他是日後將要高中狀元的書生，也是杜麗娘未來的夫婿。

我們很難想像若沒有這段關係設定，杜麗娘、柳夢梅在夢中雲雨，又該被如何收拾。後面合唱詞「是那處曾相見，相看儼然，早難道這好處相逢無一言」，就是在為後面的劇情發展做準備，暗示柳生與杜麗娘日後的姻緣。

花神上臺也宣稱杜麗娘與柳夢梅「後日有姻緣之分」，所以他才要出來保護杜麗娘，「要他雲雨十分歡幸也。」花神又說這是「景上緣，想內成，因中見」，「景」就是「影」，影上緣、想內成，都是用佛家的典故，比喻虛幻不真實。然而，後面卻又說這是「因中見」，「見」就是「現」，「因」是佛家講的因緣，指世間一切事物皆由因緣造何而來。這裡就明確指出了杜麗娘的夢中雲雨，是因緣注定好的，所以花神也願意、必須來促成這樁「美事」。

這當然是湯顯祖在劇情設定上的巧思。假若跳脫這個婚姻的框架，杜麗娘追求的愛情應當更自由，但根據這樣的劇情發展，卻很難被祝福。故事結局必須是有情人「終成眷屬」，「情」的價值仍必須落在人間的婚姻制度上來實現，這或許可看作是湯顯祖的時代限制。只不過，湯顯祖的時代面臨的，是一樁樁不得自由的婚姻，在追求情感不受壓抑的本質上，每個時代即使面臨不同的課題，那份追求的熱情都是一樣的。

也許，只有當社會上每個人都不再以各種價值觀壓迫別人，人們才能夠真正自由，勇敢追求自己真實的欲望，而不是被社會價值肯定的那些，不因誰的鼓勵或反對而進退。

第三課

赤壁賦

蘇東坡

愛飲酒也愛打破規則的蘇大鬍子，

因為被貶到海南島，所以打扮有點南洋風情（嗯？）。

作者

蘇軾 字子瞻。他被貶到黃州後跑去種田，給了自己一個稱號叫「東坡居士」。正如文學史上普遍的認知，過往的課本給了蘇軾極高的評價。一般談蘇軾，多集中於兩個重點：其一是蘇軾的全才，其二是坎坷的仕途。

蘇軾這人詩、詞、文、賦都擅長，書法與繪畫更別樹一格。身為一個文人該會的全都會了，全才當之無愧。

關於坎坷的仕途這一點，卻成為蘇軾的另一特色。他在貶謫的過程中，特別灑脫，特別可愛。許多人喜歡蘇軾，往往也是因為這一點。相較之下，似乎大家愛蘇軾的「個性」更勝於他的「作品」。

然而，欣賞蘇軾的灑脫是一回事，真正要將這份灑脫、面臨挫折時的態度作為自己的人生資產，卻又是另一回事。

我特別想談一件事。

以往課本總說蘇軾文風「汪洋恣肆」、「汪洋閎肆」，與其弟蘇轍的「汪洋澹泊」不同。「汪洋閎肆」或「汪洋恣肆」，都用來形容文章的寬闊與流暢，不受傳統格套拘束，有自在奔放之感。有趣的是，「汪洋閎肆」在文獻中，真正用來直接形容蘇軾的並不多見。

最常見的記載是關於一個叫做鮑欽止的人，說他：「少從王氏學，又嘗見眉山蘇公，故其文汪洋閎肆，粹然一本於經……」從這段記載來看，鮑欽止文章風格「汪洋閎肆」，與

曾經親炙過蘇東坡有很大關係。這個記載至少說明了兩件事：

第一，當時的人認為鮑欽止的文章「汪洋閎肆」必然受到蘇軾的影響，那顯然蘇軾的文章也可能有這樣的風格。

第二，這只是片面的記載，如果用「汪洋閎肆」來概括蘇文，可能也會忽略其他的部分，這很可惜。

雖然僅一字之差，但「汪洋恣肆」四個字，才是真正被用來形容蘇軾的。最早的記載可能來自於朱熹。值得一提的是，朱熹並沒有將「汪洋恣肆」當作優點。他認為人們讀蘇軾之文：「但見其文汪洋恣肆，有萬斛泉湧之妙。」然而，這對於「求道」是沒有幫助的。

朱熹是一個理學家，他重視的是讀書人的人格修養。他認為要從「讀書窮理」下手，搞清楚天地宇宙間的「理」，也就是所謂「天理」，並且實踐它。這是朱熹認為讀書人最根本的修養方式。

朱熹批評蘇軾之處，正在於蘇軾沒有如朱熹依循一個明確的「理」，對重視禮教的朱熹來說，蘇軾的文章過於不受拘束，並不值得作為讀書人「求道」的範本。

透過朱熹的眼光來看蘇軾特別有意思。其對蘇軾的批評，其實正是蘇軾文章的重要特色。

嚴謹點來看，「汪洋閎肆」到「汪洋恣肆」，「閎」與「恣」一字之差，卻透露著在朱熹眼中的蘇軾呈現的姿態，著重的不只是格局上的「閎大」，而是規矩法度上的「恣肆」。

蘇軾自己說他的文章：「大略如行雲流

水，初無定質，但常行於所當行，常止於所不可不止。」正好也說明了這一點。這背後隱含的意思是，在東坡為文時，很難受到什麼具體的限制或規範，沒有什麼一定的成法必須徹底貫徹或實踐的。

一切文學最重要的，是體現生命的本質，而只要是關於本質的問題，都是需要被重新探討過的。

很多人都知道，蘇軾受到《莊子》的影響很深。不過，這畢竟是一個籠統的說法。受《莊子》影響的人很多，且各自讀解不同，有時候，我們很難去找到確切的證據，指出某某思想就一定來自某某經典。

蘇軾不是一位純粹的思想家，生命體悟往往寄寓在日常生活的書寫之中。他人看來坎坷的遭遇，到了蘇軾筆下卻成了另一幅安然風景，要談蘇軾的思想，從這邊切入也比較有意思。

一般人了解《莊子》，著重於其隱逸的部分，認為道家哲學是隱士的哲學。這個認知並不能算錯，但未觸及道家思想的核心。

道家思想之所以重要，在於對一切現有價值的消解、重探甚至重構，意思是，這世間許許多多大大小小的認知，都沒有所謂的「理所必然」，都應該被重新討論。

重新討論，過去被否定的價值，也就有了新的可能。

儒家本來也討論這些，但後代儒者大多不去追問根源問題，只會一味遵從前人的結論，這很可惜。道家思想特別之處，在於它不嘗試去建立或標舉一個絕對的標準。要打破規則並沒有我們想像中那麼容易，很多時候，我們甚

至沒有意識到正處在某一個既有的認知之中。

《莊子》思想中有個很重要的觀念叫做「即物見道」，後來向秀、郭象的《莊子注》更進一步加以闡明。所謂的「即物見道」，是不另外在萬物之上確立一個造化的根本源頭，萬物沒有一個凌駕於萬物之上的絕對之理。天地宇宙間的道理或原則，將回歸到萬物自身上面直接顯現。

直接肯定萬物自身的理，就可以在平凡之中見偉大。

蘇軾談日常生活的文章很多，捕捉細節特別自然。今天我們覺得蘇軾是個隨和、平易近人的文豪，有很大一部分原因在於這些文章。透過這些文章，我們可以細細勾勒出蘇軾當年的生活樣貌，以及他的心境轉折。

有意思的是，蘇軾不只是閒扯一些日常生活的光景，每一篇文章細細讀去，都可以找到他思索人生的痕跡。這樣行文自然受到唐代「古文運動」以來「文以載道」觀念的影響，但與道家理解世界的方式應也有很大的關係。

蘇軾為文，往往嘗試以更超遠、更原始的思索來看待世間，相較之下，那些傳統的、社會的規範與價值，就不足以限制之。由此來看，說蘇軾「沒有法度」是可以的，朱熹雖以其「恣肆」為病，但那也正是蘇軾文章的重要價值所在。

正如蘇軾自己所言：「初無定質，但行於所當行，常止於所不可不止。」

「初無定質」，正說明了蘇軾無意打破任何規範，純粹只是在一切開始之初，即沒有什麼是「非如此不可」的。悠游其間、任意所之；這份自在，固然是他一生跌撞所得，在我

們讀來卻宛若天成。

從這個角度去看「汪洋恣肆」這個評價，或許比較能掌握蘇軾文章的特色，當然，這絕對不是他的全部。

題解

〈赤壁賦〉，或者更精確點說，是前〈赤壁賦〉，我第一次讀的時候不認為那是一篇十分了不起的文章。

故事是這樣說的，因眾所知悉的「烏臺詩案」之故，宋神宗元豐二年，蘇軾被貶為黃州團練副使。元豐五年，蘇軾遊覽赤壁，前後共寫下兩篇〈赤壁賦〉，遂成千古名篇。

初讀〈赤壁賦〉，覺得那些對答合情合理，似乎蘇軾就該寫這樣的文章，就該給這樣的答案。

答案。我一直以為〈赤壁賦〉嘗試給了我們一個答案，一個安身於荒涼天地間的答案，和我們心中的蘇軾疊合在一起，「自其不變者而觀之，則物與我皆無盡也。」彷彿蘇軾只是一個示範者，面對人生的示範者。

所以他在我們面前跌倒，又笑笑地站起來，拍拍塵土，說聲「也無風雨也無晴」，一切又都風平浪靜了。

我們欣然將這樣的人格放進教材中，〈赤壁賦〉也就成了這人格的最佳注腳；「蘇軾」成了豁達面對人生風雨的代名詞，在現實生活中跌撞時想起他，似乎可以成為某種安慰。儘管我們始終不知道，他究竟是如何走過來的。

當代有一種研究方法叫做現地考察，過去在學院裡也常有機會接觸到此類資料。意思是，很多古代文獻裡提到的地方，研究者親身去走一遭，或可得出許多在象牙塔裡得不到的

結論。

仔細想想，過往我們所熟悉的那些文人，無論是壯遊、貶謫、流放或遷徙，許許多多偉大而複雜的篇章，也確實是這樣一步一步走出來的。

儘管我時常懷疑這樣的「現地考察」，作為一種「較可靠」的研究方法，是不是也會造成一些新的盲點。畢竟歷經這麼長的時間，多數地貌風物早已變了，若只是一廂情願去找到了一些什麼，又欣喜地拿回來映證那些難以索解的問題，很有可能又偏離到另一方去。

但比起許多只在象牙塔裡的研究，這樣的考察畢竟是「走出去」了，有意思多了。

我特別提這點，並不是強調蘇軾也用了「現地考察」看到一些什麼，更不是讀〈赤壁賦〉必須親自走一遭蘇軾遊過的赤壁，吹吹江風看看水，才能得出什麼了不起的結論。

我要談的是「親自走一遭」這件事。

假如蘇軾沒有親自走一趟赤壁，儘管那不是當年的古戰場，這篇〈赤壁賦〉還會有今日的面貌嗎？

當然，這個問題是假設性的，不會有標準答案。特別提出來，只是想追問當年蘇軾親臨江上「縱一葦之所如，凌萬頃之茫然」，心中的波瀾究竟是如何被興起的？

〈赤壁賦〉維持了蘇軾的一貫作風，從泛舟遊赤壁談起，彷彿這一切領悟都出自於一種偶然，生命中的偶然。

是的，偶然。我讀蘇軾的文章總有這樣的感覺，彷彿那些撼動我的，高妙的、灑脫的人生道理，都出自於這樣的「偶然」。在路上走走突然想起，與朋友聊天突然想起，或是望望

天空、看看江水，然後往事湧上心頭，一筆寫下行雲流水，風雨歸去來，江海寄餘生。

於是我們也漸漸認清一件事：蘇軾再偉大、再灑脫，畢竟只是天地間一個匆匆路人。也因他是個稱職的行路人，紮紮實實、真真切切的行路人，每一份思索、每一份感動，都是一步一腳印走出來的，所以隨手撿拾的那些偶然心事、風吹草動，才能動輒讓人看見天地遼闊。

我一直認為，只讀前〈赤壁賦〉，卻不讀後〈赤壁賦〉，這些足跡便不夠完整，是很可惜的一件事。

後〈赤壁賦〉中，再遊赤壁的東坡一時興起，登高長嘯，卻突然感到一陣悲戚。文中說：「予亦悄然而悲，肅然而恐，凜乎其不可留也。」

悲戚的原因沒有明講，只接著寫東坡在船上看到一隻白鶴飛過，夜晚又夢到一位白衣道士。

道士問他：「赤壁之遊樂乎？」東坡突然想起了什麼似的，問那個道士是不是就是那隻白鶴，道士卻笑而不答，轉身離去。

然後東坡夢醒，不見道士，文章到這就結束了。

後〈賦〉比前〈賦〉確實要難解得多。

有了「物與我皆無盡」的心胸，並沒有辦法讓世界萬物停止變化。或者說，在後〈賦〉之中，所謂的「偶然」有兩個層次，一個是蘇軾的偶然，一個是天地間的偶然。

很多時候，我們以為天地之間的道理是循環往復的，春夏秋冬，花謝花開。然而，所謂的循環往復，卻很有可能只是我們對世界的一

廂情願而已。

我們以為掌握了天地萬物變動的規則，實際上，只是妄自將那些偶然解為必然。

當蘇軾登高遠望，環顧茫然，只有風吹草木和底下的流水聲與之相應，孤獨四面襲來，彷彿天地間只他一人。這份孤獨產生於一種巨大的時空間流動中，「江山不可復識」，人畢竟過於渺小，曾經我們以為懂了什麼，一轉眼間又面目全非。

而超然若蘇軾，孤獨不因自己執著什麼而來，卻也不能因為放下什麼而解。

由後〈賦〉觀看前〈賦〉，回應所謂的「親自走一遭」這件事，兩篇〈赤壁賦〉所勾勒的生命與宇宙，正是一個由必然回歸偶然的過程。蘇軾不嘗試去扣問更巨大的問題，當然更不執著於找出某個顛仆不破的真理或答案。

或許我們可以擅自將世界理解成某種樣子，找到暫時安心的方式，但那畢竟不是永恆的。看江山變動，想千古英雄，那些變化無盡的似乎都是待理解的客體，我們也似乎總能找到更好、更適切的方式去詮釋他們。

然而我們畢竟也只是客而已，只是江山的一部分，天地的一部分。一如後〈賦〉中的海上孤鶴，不為什麼而來，也不為什麼而逝。

課文

壬戌之秋，七月既望，蘇子與客泛舟，遊於赤壁之下。清風徐來，水波不興。舉酒屬客，誦明月之詩，歌窈窕之章。少焉，月出於東山之上，徘徊於斗牛之間。白露橫江，水光接天。縱一葦之所如，凌萬頃之茫然。浩浩乎如憑虛御風，而不知其所止；飄飄乎如遺世獨立，羽化而登仙。

於是飲酒樂甚，扣舷而歌之。歌曰：「桂棹兮蘭槳，擊空明兮泝流光。渺渺兮予懷，望美人兮天一方。」客有吹洞簫者，倚歌而和之，其聲嗚嗚然，如怨如慕，如泣如訴。餘音嫋嫋，不絕如縷。舞幽壑之潛蛟，泣孤舟之嫠婦。

蘇子愀然，正襟危坐，而問客曰：「何為其然也？」客曰：「『月明星稀，烏鵲南飛。』此非曹孟德之詩乎？西望夏口，東望武昌。山川相繆，鬱乎蒼蒼。此非孟德之困於周郎者乎？方其破荊州，下江陵，順流而東也，舳艫千里，旌旗蔽空，釃酒臨江，橫槊賦詩，固一世之雄也，而今安

在哉？況吾與子漁樵於江渚之上，侶魚蝦而友麋鹿。駕一葉之扁舟，舉匏尊以相屬。寄蜉蝣於天地，渺滄海之一粟。哀吾生之須臾，羨長江之無窮。挾飛仙以遨遊，抱明月而長終。知不可乎驟得，託遺響於悲風。」

蘇子曰：「客亦知夫水與月乎？逝者如斯，而未嘗往也；盈虛者如彼，而卒莫消長也。蓋將自其變者而觀之，則天地曾不能以一瞬；自其不變者而觀之，則物與我皆無盡也，而又何羨乎？且夫天地之間，物各有主，苟非吾之所有，雖一毫而莫取。惟江上之清風，與山間之明月，耳得之而為聲，目遇之而成色。取之無禁，用之不竭。是造物者之無盡藏也，而吾與子之所共適。」

客喜而笑，洗盞更酌。餚核既盡，杯盤狼籍。相與枕藉乎舟中，不知東方之既白。

賞析

談談水和月亮

「水」和「月」是前〈赤壁賦〉裡極重要的比喻，後段論及「變與不變」提到：「逝者如斯，而未嘗往也；盈虛者如彼，而卒莫消長也。」即藉由「水」和「月」之特質來凸顯「變」與「不變」之關係。

蘇軾不是以「水」和「月」代表「變」或「不變」的一方，而是透過水不曾間斷的流逝，月循環往復的圓缺，來代表這些「可見」的變化。再透過水的流逝、月的盈虛沒有增損水和月的本質，來代表所謂的「不變」。

就蘇軾全篇布局來看，「月」的位置安排頗有意思。首段「誦明月之詩，歌窈窕之章」，一般認為指《詩經》的〈月出〉章，《詩經》原文是：

「月出皎兮，佼人僚兮，舒窈糾兮，勞心悄兮。月出皓兮，佼人懰兮，舒懮受兮，勞心慅兮。月出照兮，佼人燎兮，舒夭紹兮，勞心慘兮。」

〈月出〉寫月，也寫思念，這裡暫時不必把它的內容看得太重。〈赤壁賦〉後面接著寫「月出於東山之上，徘徊於斗牛之間」，這是順著前面的「誦明月之詩」寫下來的，此處可以聯想一下：古人見月，因而寫出「月出皎兮」等句，今人誦讀，抬頭復見月，這中間的關係是十分值得玩味的。

古代文人處理時間課題，月亮往往是重要的情感寄託。張若虛〈春江花月夜〉寫「江畔何人初見月，江月何年初照人。人生代代無窮已，江月年年望相似」，李白〈把酒問月〉寫「今人不見古時月，今月曾經照古人」，後來東坡自己〈水調歌頭〉也寫「明月幾時有，把酒問青天」，都是透過「月」來串聯古今，興發種種懷想。人事代謝自古皆然，相對之下月亮卻一直都在，用人生短暫對比月亮的永恆，在古詩文中十分常見。

有意思的是，蘇軾本文雖沒有在「月」這個主題上多所停留，但屢屢提及月亮，似有意若無意的，正扣上了本篇「變」與「不變」的主題。

首段蘇軾用「徘徊」來形容月的移動，這讓人想到李白〈月下獨酌〉的「我歌月徘徊，我舞影零亂」。不過月亮是不會「徘徊」的，只會朝著一個方向緩緩移動。正因如此，以「徘徊」形容月亮絕非客觀描述，反而能凸顯人的主觀感受，與前面飲酒吟詩的歡快相呼應。人觀看世界最初皆自主觀感受出發，首段描寫都在這個層次進行。

相比之下，前〈賦〉之中提到「水」的部分就較不明顯，也難個別抽出來看。但整個對話的場景是在江上進行的，所以隨著畫面的鋪展，不斷流動的江水、隨江面漂蕩的小舟，早已為「水」在全篇中安了極重要的位置。

「白露橫江，水光接天」，幾句寫月出之後江面的光影變化，其後「縱一葦之所如，凌萬頃之茫然」可以視為一個轉折，由具體的事件描寫轉入抽象的感受。「一葦」寫的是船，用漂蕩在水面上的葦草作為譬喻，對比江水的

萬頃茫然。「萬頃」一詞用得關鍵，前〈賦〉全篇遼闊的空間想像，皆由此展開。

從感官世界到內心世界

前面提到「徘徊」一詞，已由客觀描寫轉入主觀感知。其後的「一葦」與「萬頃」也順著這脈絡而來，開啟了東坡的想像空間。「縱一葦之所如」不是確切所見，畢竟東坡他們不可能自旁觀看自己所乘的船。這些必然是想像的，文章由此句開始，從感官所接觸的場景，轉入東坡的內心世界。

「浩浩乎如憑虛御風，而不知其所止；飄飄乎如遺世獨立，羽化而登仙。」一段不好翻譯，一般白話翻譯處理起來都不漂亮，這是白話文與文言文的距離，這一段翻成白話，感覺就跑掉了。

「憑虛御風」、「遺世獨立」、「羽化登仙」是道教對仙的想像。「仙」是非人間的，蘇軾用這樣的想像襯托後續思索的問題，為後段之追問與惆悵鋪墊情緒。

「擊空明」、「泝流光」翻了也不美，實在不如不翻。月光照映在水面的粼粼波光，隨著槳的起落晃漾，直接從原字「空明」、「流光」掌握其中美感，是最精準的。「流光」是水，同時也讓人想到「時間」，無論是否符合歌謠的原意，這層想像確實更增加了歌詞與前〈賦〉探討課題的緊密度。

「美人」一般指「思慕的美好之人」，過去許多文學作品認為「美人」即指「君王」。君王即是臣子思慕之人，這種詮釋與漢代以來結合君權的儒家思想有深切的關係，但將文學

與教化功能結合，容易限縮了其他有美感的解讀空間，讀起來畢竟少了點味道。

錯遊赤壁？一場誤會？

蘇軾所遊覽的是黃州赤鼻磯，而非當年赤壁之戰所在，一般認為蘇軾認錯了位置。但細觀蘇軾借客人之口所說的整段話來看，其實不打算透過確切的地理位置，追索歷史記憶。

「西望夏口，東望武昌」的「望」雖翻作「望見」，但意思應是「想望」，是在腦中想像出來的。其時江上水霧瀰漫，明月在天，要真的望見這些地點並辨認出來，是不可能的。

這只是一種對方位的感受，透過這些感受，想著那些未曾見過的年代，曾經戰火、曾經興衰。「漁樵於江渚之上」一段，透過「漁夫」、「樵夫」的身分，對比於曹操與周瑜等歷史大人，帶出人之於天地，無論富貴貧賤，皆是過客，皆如此渺小。

「挾飛仙以遨遊，抱明月而長終」一段也很難翻譯成白話文。「飛仙」若直接解作仙人較不妥，應是指人對於「仙」的嚮往。只有「成仙」才能長生不老，所謂的長生不老，正是人抗拒萬物之「變」最具體的想像。

蘇軾受道教影響很深，多實踐於生活之中，曾自述許多修仙、煉丹砂、養氣等過程。道教許多修練的方式與「養生」有很大的關係，蘇軾特別注重這一塊。這些道教修仙的思想屢屢出現於前〈賦〉之中，所引出的問題也因此更巨大、更不可解。

回頭看看赤壁錯遊的質疑，蘇軾所遊是否真是古戰場，實不是本篇之重點。蘇子與客憑

弔古戰場的意味並不那麼濃，與地理位置的連結頂多只「西望夏口，東望武昌」一句，甚至在畫面上也不是視覺上的書寫，更多的是一種想見、想望。

前〈賦〉、後〈賦〉既沒有打算考證三國歷史，也沒有針對戰時地形多所抒發，這個誤會可說是無傷大雅，或者說，蘇軾即便知道此非古戰場，仍會寫下這樣的名篇。更何況，即便真來到了當年的赤壁古戰場，畢竟也是不同的時空了，一切的追想，終歸也只是追想罷了。

變與不變

「自其變者而觀之，則天地曾不能以一瞬；自其不變者而觀之，則物與我皆無盡也。」這兩句話用白話來翻譯，意思大致上是：從變化的一面來看，則天地萬物每一轉瞬都在變化；從不變的一面來看，則萬物與我都是永恆的。

但翻譯往往不能解決問題。這兩句話即使翻譯成白話，似乎還是有待進一步解釋。究竟什麼是「變」的一面，什麼又是「不變」的一面？為何從不變的一面看，物與我都能「無盡」呢？

前〈赤壁賦〉中，朋友吹起哀怨的洞簫，讓蘇軾突然感到一陣惆悵。於是他問朋友簫聲為何悲傷，朋友便講起了當年的曹操、周瑜，這些千古風流人物，如今都隨著時間的洪流消逝去了。而我們終有一天也會隨著時間流逝，消失在這個世上。永恆是不可能的，悲傷由此而生。

時間的必然流逝，是所有人都必須面對的大課題。觸及這個課題的文學作品屢見不鮮，每個文人展現的生命態度也不盡相同。

然而，「時間」指的又是什麼呢？

這問題委實不好答。所謂時間，莫不是將世界的變化劃上刻度。我們計量太陽、月亮的變化，遂有了日夜，計量氣候的變遷，遂有了季節。

我們計量人的生老病死，也就有了一生。

這些世間的變化，被我們劃上刻度，成為了時間。所以當我們感嘆時間流逝，其實是在擔憂這些必然的變化。

回頭看看〈赤壁賦〉，蘇軾本在談論人生的短暫，卻轉而探討「變與不變」的問題，正是因為「變化」就是「時間」的本質。然而，我們該如何「自其不變者而觀之」呢？

接下來談的都是我個人的猜測，不代表這就一定是蘇軾的本意。畢竟這個問題之大，答案也不是三言兩語就能解決的。

仔細想想，「變化」不一定讓人難過，讓人難過、不安的，是「流逝」這件事。而我們之所以懼怕「流逝」，是因為懼怕失去曾擁有過的一切，會擔心年華老去，是因為曾經年輕。

然而，我們以為擁有的那些，真的屬於我們嗎？

蘇軾在那兩句話後面接的，是「而又何羨乎？」，這句話的意思是，我們又羨慕什麼呢？又有什麼可羨慕的呢？

人們羨慕的，無非是那些無窮無盡的事物；想要擁有永恆，是為了想留住生命中的美好。當美好時光不再，也就會感受到強烈的失

落感，覺得自己「失去」了曾「擁有」的那些。

話說到這，或許這個問題已經得到了初步的解答。蘇軾接著說：「天地之間，物各有主。苟非吾之所有，雖一毫而莫取。」意思是天地之間，萬事萬物都有各自的主宰，不互相屬於誰，所以一毫都不能拿取。

然而仔細想想，「雖一毫而莫取」這句話，很可能不是要提醒誰、教導誰，而只是在陳述一件事：

我們從來就一無所有。一毫莫取，不是不該取，而是取不得、不能取。

當我們理解到這一點，就能夠不再困於擁有與失去，而真正去欣賞這個世界。

蘇東坡最後說「江上清風」、「山間明月」，都是我們可以任意享受的，因為我們不曾擁有它們，所以才能真正感受到它們的美好。

這一點很神奇。當我們執著於「擁有」時，反而容易因為擔心「失去」它們，而忽略了當初為什麼想擁有它們，忽略了當初未曾擁有時感受到的興奮與期待，都是很美好的。

所以我們知道，「愛」和「擁有」畢竟是兩回事。人生在天地之間，若真愛上了什麼，就該只是愛著。若總計較那些愛上的到底屬不屬於自己，那這份愛給人的痛苦也就會漸漸蓋過喜悅，最後留下的只有失落與惆悵，甚至是後悔。

當然，無論是愛還是人生，曾經擁有還是不曾擁有，面對時光流逝，許多失落、惆悵仍是必然的。

回頭看看前〈賦〉，蘇軾也沒有真正跨過

這些。他只是找到了一個方式繼續欣賞人生罷了。欣賞人生，自然喜樂悲傷都要一起，無須迴避，也無須將自己困住。

有意思的是，這竟然也只是一個「暫時」的安頓，而非究竟的答案。前〈賦〉談論至此，問題似已得到解答，但後〈賦〉一出，竟又是「江山不可復識」了。

又或者我們始終還是太執著於那個答案，那個解藥了吧。

第四課

醉翁亭記

歐陽脩

文壇與政壇的雙冠王，非常在意民生問題。

常被百姓看到他在逛超市買生活用品。

作者

歐陽脩 字永叔，號醉翁、六一居士，諡號文忠。他歷仕仁宗、英宗、神宗三朝，當過翰林學士、樞密副使、參知政事，曾參與范仲淹領導的慶曆新政，又是古文運動的倡議者。

在以往教材所選的文人裡面，如歐陽脩這般同時是政壇與文壇領袖的人，並不那麼多，這一點特別值得重視。

一般認為，在唐代的韓愈、柳宗元之後，古文運動的推行當以歐陽脩為最重要的核心。後來評選的唐宋古文八大家中，北宋一代就佔據了六人，而歐陽脩又是北宋之首位，足見其承先啟後的地位。

歐陽脩在史學、文學上的貢獻就不提了，這裡談歐陽脩，主要想談古文運動的政治意涵。過往教材都會提到古文運動的重要性，也強調如歐陽脩一類寫作者，如何發揚所謂「文以載道」的理念，寫作風格上又如何別樹一格，在文學史上佔有一席之地。這些評價都是不錯的，但若不先把古文運動政治與思想背景弄清楚，很難真正掌握這些寫作者最核心的理念是什麼。

唐代韓愈是古文運動的倡始者，直至宋代，文人們仍十分推崇韓愈。我們知道，一個運動不可能無端出現。從一個運動的主張，可以大概窺知那個時代的問題。

韓愈發起古文運動之時，面對的就是與古文相對的駢文。古文即是散文，是散行單句，

不講對偶的。所謂的駢文，指的則是排列整齊的文章。六朝以來，駢文的寫作風氣越來越盛，文人們追求對偶的形式美感，發展出種種審美要求，這個風氣一直延續到唐代。

到了韓愈那個時候，也就是一般認知的中唐時期，唐帝國先是經歷了安史之亂的衝擊，又持續面臨著經濟政治上的紛亂挫折，國家出現了空前的危機。

當時的讀書人總習慣將整個國家興亡的責任攬在自己肩上。韓愈受傳統思維影響極深，自認擔負極重的社會責任，因此，面對國家的疲弊，他第一個思考到的，還是讀書人自己內部的問題。

從這個角度來看，韓愈推行「古文運動」，提出「文以載道」的主張，就是為了解決六朝以來過於駢麗、華而不實的文風。他那一代的文人認為，國家會衰弱不振，與讀書人的文章內容空洞、不切實際有非常大的關係。總而言之，古文運動並不只是文學上的改革，還有很強烈的政治意圖。

不過，韓愈在中唐時期的努力，沒有獲得立即的成功。綜觀整個唐代，駢文的寫作仍然是主流，這一點過去的課本比較少提及。

韓愈古文運動未竟全功，更凸顯了歐陽脩的貢獻。

到了北宋，歐陽脩成為政壇與文壇的重要人物，因著這一點，他有很好的條件去推行古文運動，延續當年韓愈的主張。

一方面，北宋的政治風氣和唐代有顯著的差異，文人在政壇的地位大大提升，給了古文運動推行十分有利的條件。另一方面，歐陽脩與韓愈不同，他在政壇上的地位極高，因著

這樣的優勢，他在文壇上也跟著居於領袖的地位。

歐陽脩本人才氣縱橫，提攜的後輩又都是一時之選，是古文運動能成熟極重要的原因。三蘇父子、王安石、曾鞏等人，無一不才高八斗。在這樣的天時、地利、人和之下，宋代的古文運動才能水到渠成。

而且古文運動興起，有很複雜的時代因素。歐陽脩等人會推崇韓愈，跟韓愈闢佛的立場脫不了關係。韓愈是出了名的闢佛者，他的著名大作〈諫迎佛骨表〉，至今仍被視為其畢生的代表作之一。

韓愈因為闢佛被貶官，也因為闢佛的緣故，奠定了他的歷史地位。事實上，韓愈的闢佛理論，大多不是針對佛教思想而發，他闢佛最主要的原因，是佛教的盛行破壞了國家的正常經濟運作。

這樣的情況到了北宋更是嚴重。當時的佛寺擁有寺產，又不用納稅，僧侶拿了度牒，還可以逍遙於當朝律法之外。許多犯罪者、無賴流氓就這樣到寺廟出家，佛門清淨地反而成了避禍逃難的天堂。

面對這樣的社會問題，儒學的重振勢在必行。延續中唐韓愈的提倡，歐陽脩等人重新提出古文運動文以載道的主張，這不只是一個文學理念，更有重要的政治與思想上的意義。

儒學和佛學的衝突歷代以來就一直存在，這不只是思想內容上有別所致，更包含了實際的資源分配問題。宋代是一個特別尊重文人的時代，也因著這樣的風氣，士大夫給自己的責任很大，重新復興儒學也成了一個非常重要的課題。

韓愈提出「道統」觀以來，儒學的地位漸有回升的趨勢，到了宋代，種種條件得到充分的滿足，儒學也得到了各方面的重振。在思想上是北宋理學的興起，在文學上就是所謂的古文運動。當然，這些都與政治脫不了關係。

歐陽脩掌握政治上的實權，改變了科舉考試的方向，可說是致使古文運動成功最直接的因素。北宋不比唐朝當年的強盛，自開國以來就問題不斷，歐陽脩推行古文運動，某種程度也在嘗試尋找一個新的社會秩序。

我們談歐陽脩之時，不能只注重在他幾篇清新自然的古文，或是雋永可愛的小詞而已。對於他政治思想上積極的一面，必須用更宏觀的角度，放在整個歷史發展的脈絡中來檢視。

過往的教材一直不是很重視文學與思想、政治的實際關係，對於文人的政治立場也草草帶過，這都很可惜。這裡礙於篇幅，只能稍微解釋一下古文運動的政治意涵，其他的問題只好先擱著。

題解

〈醉翁亭記〉過往教材都會選，在導讀時，習慣強調「與民同樂」，或者稱道歐陽脩自然的文風，駢散交錯的筆法，甚至強調他連用多少個「也」字等。這些評價都沒有太大問題，不過，讀〈醉翁亭記〉，我更在意的是他在文中展現的姿態與氣度。

先來談談「與民同樂」這件事。

前面說過，歐陽脩是一個儒者。儒者對於社會、人民是有責任的。〈醉翁亭記〉提到與民同樂，也是儒家傳統中「民本」思想的具體實踐。值得一提的是，在以往的思維模式裡，多可見這一種「上對下」的關懷。

儒者型文人在擔任地方官時的種種政績，大多取決於人民的生活所需有沒有得到滿足。一個勤政愛民的好官，能體恤民間疾苦，讓百姓安居樂業、豐衣足食，遇到災難飢荒時，能夠減稅或開倉賑饑，讓所治理區域的百姓愛戴，這是很基本的要求。

過去的儒者型文人，對於地方的治理多有這樣的成績。先不討論如此評價是怎麼被記錄下來的，到底又有幾分可信，至少，從這些文人的文章之中，可以感受到他們對於人民的關懷是很強烈的。或者說，至少他們很在意、也很願意去強調這一點。

〈醉翁亭記〉中談的也是民生問題，但主要勾勒的圖畫，不只是人民在物質生活上的富足。歐陽脩寫與民同樂的過程，更像是一種自

我對話。

這裡我提一個比較特別的觀察：在處理傳統儒家思想人文關懷的篇章，〈醉翁亭記〉中與「酒」相關的情節頻頻出現，這是相當罕見的。

「酒」在傳統文化裡意義十分多元，有藉酒澆愁的，有小酌怡情的，有放浪形骸的痛飲，也有天命苟如此的無奈。但綜觀這些，「酒」會出現，一般多與個人的情感相關，如歐陽脩這般在「與民同樂」的篇章讓酒佔了如此分量，甚至以「醉翁」名篇的文章，畢竟不多。

由這個角度切入，或可看出〈醉翁亭記〉的特殊之處。〈醉翁亭記〉是歐陽脩第三次被貶官至滁州時寫的，算是貶謫文學，不過宋代的文人在被貶官時的態度，與其他的朝代有著很大的不同。過往文人被貶官是件喪氣的事，原本的政治抱負無從施展就罷了，還要忍受種種羞辱、非議；一個文人被貶了官，很有可能對仕進一途心灰意冷，從此淡出政壇。

但宋代不一樣，宋代是一個十分尊重文人的時代，也正因如此，士大夫展現的氣節跟自許的使命感，比其他朝代都來得強烈。從資料上來看，宋代的文人被貶官，有時甚至被視為是一件光榮的事。因為堅持自己的政治理念而觸犯龍顏，暫時寓居貶所，但他們心中似乎知道，很快的，就有機會再度重回政治舞臺。

這一點，是過去教科書比較少提及的。以歐陽脩的生平來說，在參加新政之時，他就已經是文壇的核心了。他改革了包含考試在內的許多制度，對於整個時代有極重要的影響。歐陽脩先前曾兩次被貶，但貶官卻讓歐陽脩聲名

大噪，地位更不容忽視。歐陽脩的政敵想了很多辦法攻擊他，同時他自己也因為敢怒敢言，觸犯了許多人，被貶滁州之時，已是他起起伏伏的第三次貶謫了。

但〈醉翁亭記〉通篇是看不見什麼憤懣氣的，也沒有許多文人在貶謫時展現的惴慄不安或自我質疑，有的只是一股從容不迫、安然自得的自信。

他自號「醉翁」，屢屢提及「酒」這一點，似乎並不是一種發洩或寄託，而是一種氣度的展現。

我不敢直接論斷歐陽脩此篇會呈現如此光景，必然是因為他的人生際遇或者時代因素所致，但從行文之間的口吻可以看出，即使遭遇三次貶謫，他對於自己的腳步依然信心滿滿。

一方面年紀也有了，二方面在政壇、文壇上，歐陽脩都曾經到過一定的高度、是領袖等級的人物。即便被貶官，在文壇上的地位依然不減。這一篇文章寫「與民同樂」，絲毫不見一點被貶謫的不滿、怨懟之情，縱情山水之間，頹然而醉，卻不是自我放棄的放浪形骸，這與過去諸多以飲酒著名的文人，有著顯著的差別。

許多文人寫酒，多少帶著一點避世的瘋癲或者對世俗的不平，再或者，如李白那樣縱情詩酒，揮灑浪漫情懷，這是文人寫酒的常態。要如歐陽脩這樣帶有濃烈的儒者關懷的，畢竟是少數。

這一點十分值得注意。〈醉翁亭記〉雖是貶謫文學，但仍充滿了儒家積極用世的氣息。文中不見了少年意氣風發、滿腔熱血的理想與抱負，卻多了一種沉澱過後的溫潤，帶著

濃厚的士大夫氣。本來這樣的文章應該是正氣凜然、正經八百的，但歐陽脩卻以「醉翁」名篇，寫山水遊玩之樂，寫太守酒醉的心情，寫作功力可見一斑，而這是很難單就字句上的分析去感受到的。

從這個角度去理解本篇的價值，比去檢視他連用了多少個「也」字、駢散如何交錯、在遠景近景中如何呈現，都來得有意思。

歐陽脩此篇，看似隨興，實而細膩，看似溫潤，實而骨氣傲然。「與民同樂」一直都應是一個儒者該有的理想，但真如歐陽脩這樣，用一種輕鬆從容的口吻細細道出，歷來能者卻沒有幾人。

他在政治上支持范仲淹的新政，這一篇寫「與民同樂」，和范仲淹的「先天下之憂而憂，後天下之樂而樂」正好可以遙相呼應。以天下為己任的想法，使他們積極尋求各種改革方式，希望可以換來更好的時代。范仲淹〈岳陽樓記〉正氣凜然，先憂後樂說來是慷慨激昂。而歐陽脩寫〈醉翁亭記〉，卻未見什麼偉大的理想宣誓，但整個儒者關懷充溢其間，自成一種氣象。

與范仲淹的氣勢作一對比，多少可以看出〈醉翁亭記〉的特別之處，也可以感受到歐陽脩在作品中呈現的自然與細膩。

課文

環滁皆山也。其西南諸峰，林壑尤美，望之蔚然而深秀者，琅琊也。山行六七里，漸聞水聲潺潺，而瀉出於兩峰之間者，釀泉也。峰回路轉，有亭翼然臨於泉上者，醉翁亭也。作亭者誰？山之僧曰智僊也。名之者誰？太守自謂也。太守與客來飲於此，飲少輒醉，而年又最高，故自號曰醉翁也。醉翁之意不在酒，在乎山水之間也。山水之樂，得之心而寓之酒也。

若夫日出而林霏開，雲歸而巖穴暝，晦明變化者，山間之朝暮也。野芳發而幽香，佳木秀而繁陰，風霜高潔，水落而石出者，山間之四時也。朝而往，暮而歸，四時之景不同，而樂亦無窮也。

至於負者歌於塗，行者休於樹，前者呼，後者應，傴僂提攜，往來而不絕者，滁人游也。臨溪而漁，溪深而魚肥，釀泉為酒，泉香而酒洌，山餚野蔌，雜然而前陳者，太守宴也。宴酣之樂，非

絲非竹，射者中，弈者勝，觥籌交錯，起坐而諠譁者，眾賓歡也。蒼顏白髮，頹然乎其間者，太守醉也。

已而夕陽在山，人影散亂，太守歸而賓客從也。樹林陰翳，鳴聲上下，遊人去而禽鳥樂也。然而禽鳥知山林之樂，而不知人之樂；人知從太守遊而樂，而不知太守之樂其樂也。醉能同其樂，醒能述以文者，太守也。太守謂誰？盧陵歐陽脩也。

賞析

古文裡的駢文影子

第一句「環滁皆山也」這種筆法，很能夠體現古文的特色。古文以散行單句為主，這是相對於駢文而歸納出來的。所以，能用寥寥幾筆寫出環境、畫面，是古文在敘事上較有優勢之處。

人們寫作之初，文字純粹作為一種工具，行文之時，本不必要思考形式是否整齊，但求簡潔流暢而已。駢麗對偶這類審美觀，在文學史發展上，是較晚才出現的，早期的經典之中，散文理所當然是最主要的文體。

不過，排列齊整的句式不完全是沒有功能、只為追求美感的。早在戰國時期，思想家們為了讓自己的文章更有氣勢，更便於宣揚自己的思想與主張，這類排列整齊的筆法就已經出現了。

唐、宋兩代的古文運動，也並非完全屏棄這種文體，只是在寫作時首重內容，形式美是次要的，以免外在美感喧賓奪主、重蹈六朝華而不實的覆轍。

不過，六朝文學在美感掌握上確實有大幅的斬獲，文字使用的種種可能，在六朝被一一嘗試，開拓了不少寫作空間。

這樣的嘗試，對於唐宋的寫作者，即便是反對駢文的古文運動者，仍然有著正面的影響。唐宋古文中也確實不乏排列整齊的句型，

雖不若駢文那麼工整、講究，但在不被嚴格限制的情況下，這些句式反而增添了文章的韻律感與美感。

歐陽脩本篇開頭的切入簡潔了當，在布局及畫面的營造都處理得極佳。後面寫「西南諸峰」，然後一路從「望之蔚然而深秀」的「琅琊」，寫「釀泉」、「醉翁亭」、「作亭者」、「名之者」，以一種有次序但不那麼工整的句型來排列。其後「日出而林霏開，雲歸而巖穴暝」、「野芳發而幽香，佳木秀而繁陰」等，「臨溪而漁，溪深而魚肥；釀泉為酒，泉香而酒洌」也都用了駢偶的句法。

在處理寫景、營造畫面、形容物事此類的書寫需求時，用駢偶的句型往往可以收到不錯的效果。這在評論者的眼中，就是一種「駢散」交錯的筆法，即便是如歐陽脩這樣的古文大家，也不會刻意迴避對偶，這再次說明了意味著古文運動真正的核心目標，絕對不是形式上的散化，而在於內容的實化、深化。

這樣的行文方式兼具了流暢自然與畫面感，是歐陽脩的筆力所在，卻也和整個時代的風氣、前朝累積的種種條件脫不了關係。過去教材往往隨著古文家的批評，一併貶低了六朝的文學成就，這一點十分可惜。

醉翁之意不在酒

這一篇提到酒的地方很多，我們可以稍作整理。

第一段「太守與客來飲於此，飲少輒醉，而年又最高，故自號曰醉翁也」，寫太守常常與賓客到庭中飲酒，他酒量差、喝一點就醉

了，年紀又大，所以稱自己是「醉翁」。「醉翁」不是一個太講究的名字，某種程度上還有點隨便，甚至帶點自嘲的意味。

我不敢說這個自嘲意味和貶謫的心境有多大的關係，但至少在〈醉翁亭記〉這篇文章中，寫太守的醉，與透過醉酒來麻痺自己、逃避問題的人有著根本的差別。

「醉翁之意不在酒，在乎山水之間也。山水之樂，得之心而寓之酒也。」這幾句貼切地點出了歐陽脩對酒的態度。「醉翁之意不在酒」，重點從來都不是酒，酒只是一個媒介、一個輔助工具，真正的重點是山水之樂。

後面寫「觥籌交錯，起坐而諠譁者，眾賓歡也。蒼顏白髮，頹然乎其間者，太守醉也」，巧妙將「眾賓歡」與「太守醉」區隔開，將飲酒的重點放在賓客的歡愉，主觀情感的抒發非常少。後面寫「醉能同其樂，醒能述以文者，太守也」，更將重點拉回文章身上，行文至最後，仍透露出冷靜、理性的性格。

這幾段對酒的描寫，乍看隨興，實際上展現了很強的宋代文人性格。

宋代人重理性、重禮節，不若唐人那麼熱情奔放，飲酒時也是截然不同的兩種光景。宋人喝酒遠比唐人節制，至少在文學作品裡看起來是這個樣子。在唐是「會須一飲三百杯」，是「白日放歌須縱酒」，是「勸君終日酩酊醉」；在宋則是「濁酒一杯家萬里」，是「桃李春風一杯酒」，姿態上就有顯著的差別。

當然，拿詩詞來對比，可能有點遊戲，並不是那麼嚴謹的比較，但或多或少可以看出唐人與宋人在性格上的差異。歐陽脩寫〈醉翁亭記〉，稱自己是醉翁，卻未見放歌縱酒，比起

來酒味是淡了許多。

不知太守樂其樂

本篇講歐陽脩「與民同樂」，文中卻說「人知從太守游而樂，而不知太守之樂其樂也」，這是一個值得細細體會的問題。

歐陽脩心中在意的樂，和一般百姓的樂，畢竟有所不同。從〈醉翁亭記〉全篇的口吻，可以明確感受出他將自己跟人民安放在不同的位置。前面說過的，歐陽脩有傳統的士大夫思維。太守是人民的父母官，人民的安樂自然就是他的責任。所以他的樂，是看著人們豐衣足食，物質生活安定，「負者歌於塗，行者休於樹，前者呼，後者應，傴僂提攜，往來而不絕。」

百姓安樂了、富足了，身為地方官的歐陽脩責任才盡了，才能安然地「與民同樂」。前面提過「眾賓歡」與「太守醉」被區隔開，就是因為這是兩件事。看著眾賓歡愉，太守才能頹然就醉，這是有因果次序的。

太守關心的，是一般老百姓不需要關心的。這是儒家思想的特質，與現代民主社會對公民的要求很不一樣。

《論語》有「民可使由之，不可使知之」的句子，歷來爭議很大。按照字面的解釋，似乎是在說可以使人民「由」（跟隨、跟從），但不能讓他們「知」。過往批評孔子的，都認為這是一種愚民思想——不讓人民了解為什麼，只要照著做就好。

雖然爭議多，但若按照上述歐陽脩的思維模式、將自己與百姓區分來看，《論語》的概

念倒不一定是一種愚民政策。

撇開別的句讀方式，或是新的出土材料不談（郭店楚墓竹簡：「民可使道之，而不可使智之。民可道也，而不可強也。」），從《論語》以來，儒家思想中本來就有所謂「君子」、「小人」的區別。過去教材說《論語》的君子小人之別分成兩種，一種是道德上的，另一種是身分上的。

然而，那個時代儒家所提倡的道德修養，仍是要求士大夫的標準，而非全民的標準。所以《論語》中的君子小人，未必有兩種解讀，或是說這兩種解讀，在大多數情況都是重疊的：君子理想上就是有德者，是受過教育、掌握知識的人（貴族），也必須擔負較多的社會責任。小人就是一般人民，未必受過教育，也沒有那麼多的社會責任。

我們不必那麼擔心孔子或傳統的儒家思想，帶有菁英思維或階級觀念，也不必把孔子視為絕對完美、進步的象徵，因而想盡辦法為他辯護，盡可能去掃除任何一點封建思想的影子。一個思想產生時，必然會受到該時代的影響跟限制，這一點無須迴避。

我們要掌握的，是這些思想背後的精神原則，而不是落實在制度面的理論。儒家本就認為社會責任是掌握知識與道德的士大夫該承擔的，此思維對後代文人的影響很深，歐陽脩此處的脈絡也是延續這個而來。

聖人之道，百姓日用

《論語》說：「君子懷德，小人懷土；君子懷刑，小人懷惠。」

這裡的「土」，一般解作財產、土地。這則解釋起來有點爭議，不過大致的意思是君子關心的是道德、精神層面的事，而百姓（小人）關心的，只是自己的財產或好處（惠）。

吃什麼、穿什麼，明天能不能和今天一樣？安樂保暖，逢年過節，好好慶祝告慰一番，就是這麼樸實簡單。

時至今日，教育普及了，社會責任不知道有沒有落在每一個受教育的人身上。唯一不變的是，人們的需求依然：豐衣足食、安居樂業，以自己想要的方式和姿態好好活著。

明儒王艮有句話我很喜歡，他說：「百姓日用條理處，即是聖人條理處。」意思是百姓日用之道，就是聖人之道，就是所謂的「百姓日用即道」。身為儒者不必苦苦追尋太崇高、形而上的真理，真理只在人民身上，滿足人民的物質與精神需求，建立起社會的和諧秩序，便是一切了。

很多時候我們把儒家、信仰、聖人都看得太遙不可及，反而忽略了最真實迫切、最貼近我們的價值。

當時士大夫們苦苦思索的，前仆後繼去追求、不惜以生命捍衛的聖人之道，就是四個字：「百姓日用。」

如此簡單，卻值得我們用一生去守護。很俗、很淺，卻很真實。如今不講什麼聖人之道，只談所關心的、努力的、企盼的。

太守歐陽脩所關心的，也就是人民百姓所關心的那些——有沒有被照顧好，如此而已。

百姓日用，如此而已。

第五課

始得西山宴遊記

柳宗元

熱愛登山的被貶文人，喜歡在山上開google map定位自己的人生。

作者

柳宗元　字子厚，中唐人。河東人，又稱柳河東。參與過新政，後來新政失敗一路被貶官，最終被貶到柳州，所以也有人稱他柳柳州。

柳宗元是古文運動的重要推手，許多主張與韓愈一致，文筆好、產量又豐，論起中唐古文運動的成就甚至有蓋過韓愈之勢。當然，柳宗元對韓愈是很推崇的，即便政治立場不同，這二人的感情還是頗為深厚。柳宗元死後韓愈為他寫了〈柳子厚墓誌銘〉，情意真切不提，最難得的，是韓愈並不諱言柳宗元參與了與自己立場相左的政治集團，甚至在〈墓誌銘〉中批判這件事。

本來寫墓誌銘這種文體，都是要隱惡揚善說好話的，柳宗元與韓愈的政治立場不同，這一點大可略去不提，韓愈卻逕自提了出來，一方面是個性耿直，另一方面也是因為與柳的交情夠深吧。

過去教材總說古文運動的主張是「文以載道」，其實這是概括的講法。「文以載道」可以大致說明古文運動的主張，但這概念不是韓愈所開創，這四個字也不是韓愈提出來的。

一個運動之所以出現，必然有積累的時代因素，韓愈會高舉古文運動的大旗，但談文與道的關係，韓愈並非第一人。早在六朝，許多文人士子便提出過文學應當宗經述聖的主張，如劉勰的《文心雕龍》：「道沿聖以垂文，聖

因文而明道。」過去在談古文運動，往往因為他們反對的是六朝以來的駢偶文風，因此將整個六朝的文學一概而論，回過頭來認為在復古寫作上，韓愈是開疆闢土的第一人，這個認知是有問題的。

文章是為了闡明聖人大道、讓文化傳統得以延續與開展，這樣的思想基底一直存在。韓愈推行古文運動，談「文道合一」，也是在這個基礎上開展出自己的理論。

不過，韓愈雖然被後世視為鼓吹「文以載道」的先鋒，但真正提出「文以載道」這四個字的其實不是韓愈，而是北宋的周敦頤。周敦頤寫《通書》曾說：「文所以載道也。」他認為文章即承載道理的工具，這個道，就是主流思想中的儒家之道、聖人之道。周敦頤此說，自然是受到中唐古文運動的影響。

而在唐代提出類似「文以載道」思想的，其實是柳宗元。柳宗元在〈答韋中立論師道書〉中，確切說到：「始吾幼且少，為文章，以辭為工。及長，乃知文者以明道，是固不苟為炳炳烺烺，務采色、夸聲音而以為能也。」

這意思是說年輕時的柳宗元也喜歡寫華美的文章，年紀漸長之後，才慢慢認知到文章真正的目的在於「明道」，所以他就不再刻意追求辭藻上的華麗、音律上的精緻了。過去我們很喜歡從這裡提取「文以明道」四個字，來說明柳宗元的文學主張，但這樣的作法畢竟有點草率。

在文人的集子中，找一些可以概括說明，或簡單代表此人文學主張的句子，固然有其方便性，然而有時仍會產生問題。如前所述，「文以載道」四個字甚至不是韓愈所提出的，

真正提出接近「文以載道」的概念，是柳宗元在一封書信裡提的「文者以明道」。這中間的意思乍看之下差不多，但如果含含糊糊一概而論，那很多細微的差異就會被忽略了，這是很可惜的。

「文者以明道」是為了強調文章真正的目的是闡述道理，而不是極盡變化堆砌之能事，追求形式上的美感；這是相對的概念，相對於「務采色、夸聲音而以為能」，「明道」是更重要的目標。所以，和後來周敦頤提「文以載道」，多少還是有差異。周敦頤用「載道」來說明道與文的關係，文章的工具性質就變得更強一點。

也有論者認為，柳宗元在這方面的主張與韓愈相同，但二者文章中所闡明的道卻有所不同，或者說，比較起來，韓愈只闡明儒家的「道」，柳宗元的「道」旁及佛老，出入山水，比韓愈要來得更廣一些。

柳宗元的文章所蘊含的道理較為多元、豐富，不過，柳宗元為文的根源仍是很「儒家」的。如前面提過的〈答韋中立論師道書〉，裡面說：

「本之《書》以求其質，本之《詩》以求其恆，本之《禮》以求其宜，本之《春秋》以求其斷，本之《易》以求其動，此吾所以取道之原也。參之穀梁氏以厲其氣，參之《孟》、《荀》以暢其支，參之《莊》、《老》以肆其端，參之《國語》以博其趣，參之《離騷》以致其幽，參之太史公以著其潔，此吾所以旁推交通而以為之文也。」

從這段文字，至少可以得出兩個訊息：其一是柳宗元的基底思想仍是非常傳統儒家

宗經的思想，他最根本的出發點還是五經（《詩》、《書》、《禮》、《易》、《春秋》），只不過其涉獵的經典較為寬廣，所以後面又提到《孟》、《荀》、《莊》、《老》、《國語》、《離騷》、《史記》等，並不只侷限於此。

不可否認的，柳宗元學識淵博，消化過的經典不只儒家，即便是佛與老莊，對他的影響也不小。

第二點是，或許大家想到「儒家」這個概念時，往往習慣朝政治、聖王、教化等方面去想，但實際上，傳統五經的內容包山包海，從這些地方出發，我們不能說這脫離了儒家的「道」。

他的文章之中所闡明的「道」，範圍雖然廣，哲理也深入生活各個角落，但這又未嘗不是在儒家經典原有的範圍之內。

《詩》、《書》、《禮》、《易》、《春秋》五經，有文學、有歷史，有地理，有曆數，有吉凶鬼神、有風雷山澤、有草木鳥獸，這些內容就算不至於包羅萬象，也確實涵蓋了好幾個時代的文明。由這個角度來看，談儒家思想倒不能狹隘的只談聖王教化之道，如柳宗元這般回歸經典本身，文章所明的「道」反而是更加多元的。

題解

本篇課文選的〈始得西山宴遊記〉，是「永州八記」的第一篇，歷來文選、教材之中，它一直都是重點選文。

提到柳宗元的生平，最重要的事件應是參與王韋集團的政治革新，失敗之後被貶官。雖然歷史上被貶官的文人很多，但被貶謫的柳宗元卻是特別有名的，最主要的原因，當然是他被貶到永州時，寫下了著名的「永州八記」。

眾人會注意到柳宗元被貶官後的心態，無非也是因為他在這些山水之中，嘗試安頓自己的心情，而寫下這些遊記。在「永州八記」之前，很少見到如此完整、獨立的山水遊記作品，這是「永州八記」在文學史上的價值。

但這裡有一個必須被追問的問題。首先，柳宗元的文集並不是他本人所編纂的，最早將柳宗元的作品集結起來的應是他的好友劉禹錫。但無論是在劉禹錫所編的集子中，甚至是後來的文集裡，都未見「永州八記」這樣的說法。直到乾隆年間，方有人將這八篇文章放在一起，命名為「永州八記」。

這說明了長久以來我們習慣的「永州八記」此說，其實並非出自柳宗元之手。柳宗元在永州固然曾寫下多篇動人的遊記，但並未有意以這樣的方式統稱這八篇文章。

這樣的發現，會動搖到過去教材中一直習慣將〈始得西山宴遊記〉視為「永州八記」之首的詮釋方式。至少，柳宗元並不一定有意識

到這件事。不過，就思想層面來說，〈始得西山宴遊記〉仍有其不容忽視的地位。

〈始得西山宴遊記〉固然是山水遊記，卻也是柳宗元深沉的自我對話，包含了被貶官後的自我質疑、重新定位的心路歷程、天地宇宙與個人心志的安放等。

柳宗元是儒者，是古文運動的推行者，也是政治改革的參與者，如他這樣的身分，其思想必是不容忽視的。

許多人會說他是文學家、更是思想家，又說「永州八記」之中蘊含了很大量的哲學思辨，充滿了人生思索。誠然，柳宗元雖以文學聞名於世，但其思想確有特殊性。

同為古文運動的推手，韓愈是著名的闢佛者，柳宗元卻與佛、禪的關係良好，這一點讓韓愈一直有微詞。然而韓愈排佛，畢竟是基於經濟和政治上的緣故，在思想上，韓愈並未確切指出佛學的問題何在。

柳宗元就不同了，他不但對佛理有深入研究，且提出了一些重要的理論，曾自稱「吾自幼好佛，求其道積三十年」，又說「浮屠誠有不可斥者，往往與《易》、《論語》合」，他認為佛家之學說，是「不與孔子異道」的。

不只是對佛的態度如此，前面提過，柳宗元也涉獵《老》、《莊》，他曾說「余觀《老子》，亦孔氏之異流也，不得以相抗」等，就思想的內涵，儒、釋、道三家未必是互斥的，所呈現出的不同面貌，往往是修養路數的差別，而不是本質真有什麼衝突。

儒家主要談現實社會、談道德修養、談人性，這些都是很基礎的問題，也因為與政治、教育等密切相關，其思想往往是文人在學習知

識時的起手入門。而它的影響往往根深蒂固，即便有人會從根本反省儒家問題，但真要完全擺脫影響，是不太可能的。

柳宗元提出的三教看法，在思想史上有非常重要的地位。

三教問題一直都是思想史上面最重要也最難解的部分，柳宗元雖然沒有明確指出儒、釋、道在什麼樣的情形下是可以調和的、具體的理論基礎是什麼，但這樣的思想傾向還是有指標性的意義。尤其在排佛風氣越來越盛、重振儒學的聲浪也越來越高漲的時候，柳宗元對佛與老的態度，不禁會讓人思索他究竟從這兩家思想之中看見了什麼。

這裡就不談複雜的三家思想是怎麼架構的，我們先從比較根本的問題來看：如果儒家談的是現世的道理，處理的是知識分子如何面對家國社會、如何透過進德修業來實踐社會責任，那麼佛家與道家處理的，往往就是超越這些現實層面的問題。

在魏晉南北朝時，佛學與老莊思想之所以能盛行，一方面與政治現實的黑暗有關，儒家積極用世的思想不行了，文人轉而崇奉老莊佛學，這是可以理解的。另一方面，佛老思想確實能夠在儒家期待的社會秩序瓦解之後，提供安頓人心的思想寄託。

柳宗元自幼就喜歡佛學，也讀《老》、《莊》，受到很深的薰陶。他貶官後寫「永州八記」，其中佛學與道家的思想也往往是他思考的重要依據。提及這部分，不是硬要從這些遊記中找出佛與老的痕跡大作文章，而是既然這兩種思想對他的影響不容忽視，那麼我們摻入佛老的視角，檢視「永州八記」中的人生思

索，也許能更了解那些自我對話的意義。

〈始得西山宴遊記〉第一個要解決的問題，就是貶官之後自我安頓的問題。

許多人讀這一篇，會注意到這種物我合一的境界，因而想到莊子的〈齊物論〉，如「天地與我並生，而萬物與我為一」，不過光就這一句話，雖然可以感覺到此篇受到莊子的影響，卻還是有點難掌握所謂「物我合一」究竟是立於怎樣的基礎。

〈齊物論〉涉及的問題太廣，這裡就不細談了。先補充一點原文，上面提到的兩句，在原典中前文是：「天下莫大於秋豪之末，而大山為小；莫壽於殤子，而彭祖為夭。」

「秋豪」就是「秋毫」，「秋毫之末」極小，而「大山」極大。「彭祖」是著名的長壽代表，「殤子」是夭折的嬰孩。〈齊物論〉故意將這些極端的例子加以顛倒，是為了要說明人事物的小與大、長壽或短命，必由另一個比較基準而來。然而這些標準都是人賦予的，與其本質無關。

把所有的評價標準都去除掉，回歸到萬事萬物沒有任何定義、定位的時候，前面說的那些相對的概念也就一併被泯除了，所以才說「天地與我並生，而萬物與我為一」。

柳宗元貶謫後在永州思索人生，面臨了秩序的瓦解和重建，這邊用〈齊物論〉中的概念來看，倒也貼切。當然，〈始得西山宴遊記〉要安頓的心情，和〈齊物論〉裡的境界或許有共通之處，但柳宗元和莊子的心情畢竟不同。柳宗元要泯除什麼，在文中沒有明說，而當他登臨西山心凝形釋的時候，要泯除什麼，其實也已不那麼重要了。

課文

自余為僇人，居是州，恆惴慄。其隙也，則施施而行，漫漫而遊。日與其徒上高山，入深林，窮迴溪，幽泉怪石，無遠不到。到則披草而坐，傾壺而醉，醉則更相枕以臥，臥而夢。意有所極，夢亦同趣。覺而起，起而歸。以為凡是州之山水有異態者，皆我有也，而未始知西山之怪特。

今年九月二十八日，因坐法華西亭，望西山，始指異之。遂命僕人過湘江，緣染溪，斫榛莽，焚茅茷，窮山之高而止。攀援而登，箕踞而遨，則凡數州之土壤，皆在衽席之下。其高下之勢，岈然洼然，若垤若穴，尺寸千里，攢蹙累積，莫得遁隱。縈青繚白，外與天際，四望如一。然後知是山之特立，不與培塿為類。悠悠乎與顥氣俱，而莫得其涯；洋洋乎與造物者遊，而不知其所窮。引觴滿酌，頹然就醉，不知日之入。蒼然暮色，自遠而至，至無所見，而猶不欲歸。心凝形釋，與萬化冥合。然後知吾向之未始遊，遊於是乎始，故為之文以志。是歲，元和四年也。

賞析

西山不高

西山一點也不高。

這句話我不只一次聽人說起。許多讀過這篇文章的人赴湖南遊玩，也必去看看西山到底怎麼奇詭，但最後都有些失望。學者後來講究現地考察，也曾經嘗試去還原〈始得西山宴遊記〉的場景，大抵而言，西山不是什麼高山，也不如何奇險，這似乎是肯定的。

這裡就不講實地走一遭這件事，只談西山在文章中的位置吧。其實從文章開頭的鋪陳就隱約可以推知，西山並不是什麼高山，也不那麼引人注意。

這個推測是合理的。柳宗元在首段就說：「日與其徒上高山，入深林，窮迴溪，幽泉怪石，無遠不到。」他初到永州時心不安，遊歷也是漫無目的的。然而他自己都說他「上高山，入深林，窮迴溪」，這番巡山訪水，倒也不那麼隨便。

試想，如果西山當真插天入雲，柳宗元早該發現了，也早該去遊歷了，如若西山真有特出之處，當地鄉人也必告知，柳宗元不可能毫不知情。

但他自己卻說「以為凡是州之山水有異態者，皆我有也，而未始知西山之怪特」，這至少提供了一個訊息：西山的特出並不那麼容易被看出來。

西山不特別，卻正合了此篇之意。這部分留待後面詳談，這裡只簡單做個反面思考：若今天柳宗元寫的是遊歷名山之作，他又該如何下筆？所謂名山，另一層意思就是已被眾人賞玩過，已被種種脈絡肯定過的山，柳宗元若又特意寫一篇來談名山，頂多也是發人已發，歌功頌德一番而已。

文人不能在文章中見新意，也就不能寫得入心，談人所談過的事，陳腔濫調著實沒什麼意思。我們常常說某人的文章創新，說穿了還是寫心裡的真實掙扎、真實思念、真實想望，而所謂的新，不過是不俗不濫，倒也未必真要開創什麼格局什麼氣象。

柳宗元此篇寫西山，是為前人沒寫過。柳宗元寫「永州八記」，也是為前人未曾寓心事於山水。胸中塊壘蔚然成篇，也不過一腔心事如如呈顯而已，但文章價值首重於此，至於文筆，那是次要的事。

不與培塿為類

讀這篇文章，人最常有疑慮的，莫不是那句「不與培塿為類」，究竟是怎麼帶出「悠悠乎與顥氣俱，而莫得其涯；洋洋乎與造物者遊，而不知其所窮」的。後面的「心凝形釋，與萬化冥合」更是讓人感到一頭霧水。

過去課本上面說，「不與培塿為類」這句話，是指西山比其他的小山丘高，象徵著柳宗元高潔的人格，不和小人為伍的心志。將西山視為柳宗元的人格自況，這個解釋行之有年，許多教材版本都這樣解，幾乎無有疑問。

但問題就在於：自謂人格高潔者往往能自

持自守，何必等到登臨西山才有此悟？

最有疑慮處，在於「不與培塿為類」這句話後面，接的卻是「悠悠乎與顥氣俱，而莫得其涯；洋洋乎與造物者遊，而不知其所窮」。若自信自己人格高潔，不與小人為伍，那最後該是立下大志的時候，為什麼又說「與造物者遊」這一類的話？

順著這個脈絡，後面的「引觴滿酌，頹然就醉，不知日之入。蒼然暮色，自遠而至，至無所見，而猶不欲歸。心凝形釋，與萬化冥合」更不可解。

從西山之特出，想到自己人格的特出，不與一眾「培塿」為同類，這層領悟是有點孤傲的，但後面接續著的卻是飲酒而醉，頹然在暮色之間，感受天地與自己合一；如果只是領悟了自己的特出不群，是很難引出這一番心境的。

不過這個解釋雖也不能說它一定錯，但卻無法滿足我們。看來還是得把文章重新梳理梳理。

居是州，恆惴慄

文章開篇就是：「自余為僇人，居是州，恆惴慄。」

「僇人」即是「罪人」，柳宗元捲入政治鬥爭被貶官，是以自稱罪人。那麼接下來的問題是，他不安的原因究竟是什麼？莫非真是因為自己犯了錯嗎？

一個對政治充滿熱情的人，卻捲入政治鬥爭而被貶官，那麼他心中的感受到底是什麼？柳宗元的惴慄不安，與其說是來自可能犯的過

錯，不如說是來自身定位的迷惘與失落。

回頭看看柳宗元參與的政治改革。任何一場政治改革的失敗，絕對都不只是政策上出了問題。政治場域是極複雜的，全天下最黑暗的機心巧詐、阿諛諂媚、弱肉強食都集中在那裡。而在裡頭最不可得罪的不是權貴，而是利益，只要毀了別人既得的利益、擋人財路，那就犯了大忌，下場將慘不堪言。

王韋集團推行的「永貞革新」，失敗的原因，絕對不只是主事者一人的獨裁專斷。固然，王叔文等人排除異己，確實得罪了不少人，但真正嚴重的，還是動到了藩鎮和宦官集團的利益。

永貞革新的重點，一在打壓藩鎮的勢力，還權中央；二在廢除宮市，罷黜雕坊、鶻坊、鷂坊、狗坊、鷹坊等「五坊小兒」，也就是亂政的宦官最大的利益來源。其餘諸如貶斥貪官污吏，重新整頓稅收等，引起了許多反彈，最後革新失敗了，柳宗元受政治牽連，心裡所受的卻是另一番打擊。

本來這永貞革新確實也是風風火火，柳宗元當時也是熱血滿腔，一心要為百姓國家做點事。讀書人身在朝廷，有理想要實踐，一旦被貶官，離開了原有的位置，那麼，那些理想啊抱負什麼的，又該何去何從？

這份失落是必然的，而我們切不可小看了這份失落。對於很多古人來說，讀書作官、實踐自己對社會的理想，學以致用，可能就是他們生命的全部了。一旦失去了這些，那份迷惘，無疑是巨大的。所以，如何解決這份失落所產生的不安，就成了這篇文章的重點。

柳宗元到訪西山，並不是有意為之的。從文章的開篇，就一直瀰漫著一種漫無目的的氣氛，這種氣氛是頹廢的，有種自我放逐的味道。

詩人文人寄情山水，多數是因為政治上的失意，不是巧合或模仿。山水遠離人事，自有其安頓心靈之效，有時候文人到山水之間遊覽，用文字發發慨歎，似乎已成了一種習慣。柳宗元此處雖未明說，但前面的「其隙也，則施施而行，漫漫而遊」，似乎已然隱隱道出在永州的失意與艱難。

永州在唐代不是一個高度開發的地方，被貶謫到此處，真正能做的事也不那麼多。柳宗元在山水之間漫遊，無奈之感是藏不住的。這份無所事事的無奈，催化了被貶謫的不安。

柳宗元起初的遊山玩水漫不經心，所以才會「以為凡是州之山有異態者，皆我有也」，這個發現是很消極的，換句話說，他的遊歷只是百無聊賴之下的漫遊，根本不抱有什麼期待。

如前面所問，按照常理推測，如果「西山」真的這麼高，風景又這麼特別，怎麼可能不成為當地名勝，柳宗元又怎麼可能沒有一開始就注意到呢？

人說西山確實也不是什麼了不起的崇山峻嶺，似乎正好證實了這個推測。然而，在沒有人類之前，山無論高低陡緩，也不過就是山而已。崇高、險峻還是神祕，都是人們給予的評價，與山本身並無關係。

在柳宗元發現西山之前，西山也不過是極普通的一座山。在一個偶然的機會裡，他看見了西山，然後登上了西山，最後愛上了西山。於是，西山就有了新的評價。但在最初最初，西山也只不過是一座山而已，沒有什麼特別的。

而人恰好也是如此。

柳宗元讀書、出仕，認為自己該將所學用於社會，懷著理想抱負，這些認同、定位，都不是與生俱來的。貶謫或許讓人一時找不到自己的價值，但每個人在天地宇宙之間，卻始終佔據了一個位置。

「不與培塿為類」要怎麼延伸解釋，那是讀者的自由，但純就文章本身而言，那不過是在說明西山的位置、姿態而已。文章裡說西山是「特出」的，不是指它的高度。人們容易將此解作西山高於其他山，理應是順著前面的脈絡「攀援而登，箕踞而遨，則凡數州之土壤，皆在衽席之下」而來，但這中間的高低差距，沒有我們想像中的那麼巨大。西山的特出就是特出，不因為它特別高聳入雲；西山若真那麼高，柳宗元又何能輕易登臨嘯傲，環顧四方之土壤？

「不與培塿為類」，只因柳宗元正在此山之上，為其找到特出之處，也重新給了這山一個定位。若論培塿是否矮小而不足道，甚至是不是象徵小人，我認為都是多餘的，特出就是特出，沒有高下之分。

在天地之初，人類以前，西山就一直在這裡了，它一直都是「悠悠乎與顥氣俱」、「洋洋乎與造物者遊」的。柳宗元被貶官，在原本預想的位置上失落了，但他的生命在天地宇宙

間的位置，卻是自始至終都無法被改變、取代的。

我們每個人來到這個世界，就暫時佔去了一個位置。然後跌跌撞撞，匆匆忙忙，直到有一天離開了，塵歸塵土歸土，而天地依然在那。唯有褪去了一切文明色彩、人間定位之後，才能慢慢看清自己在宇宙間最真實的樣子。

明白了這些，也就明白了我們不過是天地的一部分，許多從前擔心的、汲汲營營的，又都顯得小了。「心凝形釋，與萬化冥合」，柳宗元在天地之間找到了自己的位置，或者，明白了自己也不過是天地的一部分，本來的惴慄不安，也就跟著消失了。

或許吧，我們該處在什麼位置，也不該只是讓人來幫我們決定。我們悄悄在宇宙間佔有了一席之地，沒有人能奪走它、取代它。

第六課

桃花源記

陶潛

不斷被tag的文人。

#隱士#田園詩#五斗米#農產品(?)#世外桃源#山洞(?)#奇幻文學(?)

作者

陶潛 就是陶淵明，字元亮。他自號五柳先生，死後朋友私諡靖節。他率性任真，不為五斗米折腰、歸隱田園衣沾不足惜，是隱逸詩、田園詩的開山祖。

陶淵明是東晉人，他的田園詩對後代影響很大。但有意思的是，就整個晉代與南朝的文學發展來看，田園詩的成就，竟似是陶淵明一人的成就。

通常一位詩人以某作品風格聞名，必然有其時代背景，與當時的寫作風氣更脫不了關係。因此，陶淵明的田園詩在東晉一支獨秀，與整個時代的寫作風尚截然不同，這是很特別的一件事。

陶詩與當世崇尚的寫作風氣不類，固然是其特出之處，但可以想見的，他的詩作在當時文壇的地位並不高，影響力也不大。大家對他的推崇主要是人格上的，而非文學上的。時代稍晚至南朝，詩人鮑照曾擬作過陶淵明的詩，今已亡佚。

詩人江淹在選錄前人作品時，也將其與曹植、潘岳、陸機、顏延之及謝靈運等公認的大家並列。這是最早較有參考價值的記載，說明陶詩尚不至於完全被文壇忽視。不過，這些文人雖有注意到陶淵明，但並未到推崇備至，影響也不大。

真正確立陶淵明文學地位的，要屬鍾嶸的《詩品》。這本書收錄了很多詩作，並將詩

人分成上、中、下三品，加以評價。這種將文學作品分等第的方式本就易有爭議，過去也有人說《詩品》把陶淵明列在中品，是明顯的失誤、不識陶詩的價值。但以陶淵明當時的文學地位而言，《詩品》將之列於中品，已是很重要的肯定。

繼鍾嶸之後，蕭統也給予陶淵明的人品與詩歌不低的評價，並為他作傳；唐代的詩人更愛陶淵明，每每於作品中提到他的生平瑣事，藉之抒發歸隱心志、懷抱。不過陶淵明真正被推到如今日的文學史地位，卻要遲到宋代。

宋代詩人特別喜愛陶淵明。一方面因其平易近人的詩風，特別貼近當代的文學風氣。另一方面，當時士大夫重視氣節，對他高風亮節的情操相當喜愛；和歷來推崇陶詩的人差不多，當時文人，大致從人品與詩品兩大脈絡來肯定他的價值。

陶淵明的文學地位在宋代大幅提升，除了上述兩大脈絡之外，最重要的關鍵，還在於蘇東坡此人。

東坡特愛陶淵明，曾言：「吾於詩人，無所甚好，獨好淵明之詩。淵明作詩不多，然其詩質而實綺，癯而實腴。」蘇東坡在文壇的影響舉足輕重，他這一推崇，陶詩在宋代的地位大致也穩固了。

陶淵明的成就在文學史上確立的時間點過晚，而後來的評價又特別高，因此其中的緣由也比其他文人複雜。我們今日所認知到的陶淵明形象，包含他的詩作與文學成就，可能與真實的情況有不小的差距。

後人推崇前朝文人，可能會重編他的文集，替他的作品校注或重新詮釋，甚至改作，

這中間會摻入很大一部分的主觀意見，這必然會影響到後人對於前朝文人的評價。蘇軾之於陶淵明，就是一個很典型的例子，僅東坡一人已足以左右整個時代與後人對陶淵明的認知。有學者考證，蘇軾甚至曾改作過陶詩，更動其字句。總而言之，我們今天認識到的陶淵明，實在很難繞過蘇軾的影響，這一點十分值得注意。

陶淵明被歷代文人喜歡，最可貴之處，仍在於他歸隱的決心。在他之前，以這樣的方式展現氣節與心志的讀書人很少，陶淵明此舉，提供了後人在官場失意時，一條漂亮的全德保身之路。這也是田園詩、隱逸詩最重要的核心理念。

此前雖也可見將田居生活入詩，但頂多寫些農事辛勞，罕見個人懷抱。與此不同的是，陶淵明雖然歸隱田園，但骨子裡仍是個文人，寫的仍是文人的所思所想，他與真正的農民，畢竟還是有差別的。

因此他在這方面的成就顯得更為重要。在此之前，並沒有人將田園生活與歸隱心志合在一起書寫，自成一家之風。稱陶潛為隱逸、田園詩人之祖，當之無愧。

不過，這樣的認識畢竟不夠全面，陶詩並非全是恬淡自然，其中也不乏慷慨激昂之作。如〈讀《山海經》〉，就有「刑天舞干戚，猛志固常在」等句。「刑天」是神話中的人物，因與天帝爭權而被斬首，然其不肯屈從，遂以兩乳為目，以肚臍為嘴，仍然揮舞著盾牌（干）和兵器（戚）。這是《山海經》中有名的故事，陶淵明這兩句，和田園詩淡然的味道就差很多。

我們相信陶淵明年輕也曾懷抱過理想，只不知決心掛冠歸隱之後，這些熱血又被何處安放去了。他仍有許多詩作影射政治，充滿各種隱喻。又或者那個時代，不容許有理想有抱負的人，一切心志也只好寄寓在詩作之中。

陶淵明的歸隱，究竟是他放棄了那個時代，還是整個時代捨棄了他，這恐怕永遠是個難解的問題。

所謂「天命苟如此，且進杯中物」，這一杯濁酒飲下肚，有多少是無奈，多少是灑脫，單看那些被留下的詩文，我們實在很難猜個透。

題解

本課選的是〈桃花源記〉，是過往教材中的名篇，虛構情節極為精彩，對後代的小說有很大的影響。

有人說，陶淵明在向人展示一種「烏托邦」的思想，用桃花源來勾勒理想中的大同世界。那麼，大同世界為什麼會透過這樣的方式來呈現，就很值得我們進一步思考。

在深入談〈桃花源記〉之前，我想先談談這個理想社會。

武陵人尋到一個世外桃源，發現這裡的人民安居樂業，沒有苦難，遠離所有戰火飢寒。似乎所謂理想社會，就該如此與世隔絕，該別有天地非人間。這不禁讓人想問：如果被外人發現了，是不是苦難也跟著來了？

談這個桃源中的村落，很難讓人不想起《老子》。

《老子．八十章》：「小國寡民，使有什佰之器而不用，使民重死而不遠徙。雖有舟輿，無所乘之；雖有甲兵，無所陳之。使民復結繩而用之，甘其食，美其服，安其居，樂其俗，鄰國相望，雞犬之聲相聞，民至老死不相往來。」

這是老子心中的理想世界。不論《老子》這一章的確切用意，是對文明發展的消極反對，或是對原始社會的嚮往，至少他點出了許多問題，讓人反思文明發展帶來的利弊得失。

此處的「小國寡民」是很模糊的概念，沒

有明確的限定。或可說，這一段意不在劃出一個範圍、提供國家的土地與人口理想的數字，而是《老子》作者內心期盼的理想狀態、方向。相對於高度發展的國家，追求國富兵強，追求人口興盛、產業發達，「小」與「寡」的概念，扣問了文明向外擴張的意義。

這段文字還提供了一個更重要的訊息，也是〈桃花源記〉中特別強調的一大重點：「鄰國相望，雞犬之聲相聞，民至老死不相往來。」

這在今日是很難想像的。鄰近的兩個國家，距離近到雞犬之聲都互相聽聞得見，但人民卻從不相往來，追求的究竟是什麼？

回顧人類的歷史，向外擴張似乎是文明之所以強盛的必要條件。先不談侵略或搶奪資源的問題，在發展之初，有很多需求是因著對外的探索而來，是被「創造」出來的。為了滿足這些被創造出來的需求，人們不斷進步、提高物質生活水平，然後再創造更多的需求。

文明能發展還有一個很重要的條件：交流。群落之間彼此交流，交換各自的資源，許多複雜的問題，也因此產生：強勢文明對弱勢文明的侵吞、強勢文化對弱勢文化的衝擊、對異族的排斥與歧視。最可畏怖的，是人類欲望無止盡的膨脹。

《老子》談小國寡民，前提就是取消群落之間的交流。

探索未知的領域，本不是一件壞事，但如《老子》所言，這份探索世界的好奇，卻很可能是一切禍害的開端。歷史上有多少文明毀於外來的發現者，又有多少探索者最後成為入侵的征服者。讓人沮喪的是，當一個群落遇上另

一個群落，一個文明遇上另一個文明，在互不瞭解的狀況下，保持敵意，似乎才是最聰明的選擇，而聰明往往是一切罪惡的開始。

文學作品中刻畫的理想國，對外的交流往往受到一定的限制，甚至是加以斷絕的。〈桃花源記〉裡出現的這個不可讓外人知悉的村落，也可放在這樣的脈絡下去理解。

因此，面對一個外來者，村人若真有意守護這個世外桃源，鐵定不會善待此人。但此地不然，不但完全沒有敵意，還好酒好飯款待，說明了此地的與世隔絕，是自然發生，而非有意為之的。

最後桃花源的消失有什麼樣的意涵，歷來眾說紛紜，總是說不出個準。

這裡留下的問題是，這個桃花源在故事設定中，是真實存在的，抑或是傳說中的仙鄉。一句「不足為外人道也」的叮嚀，成了所有疑問的關鍵：

究竟是漁人本就尋不著？還是因為見了太守帶人來尋才尋不著？文章留下許多空白，留待我們去猜想。

關於這些我心裡也不是沒有想法，但這些想法未必是最好的，三言兩語間也分說不清。詳細的討論，我們留待「賞析」再與文章內容一併細談。

課文

晉太元中，武陵人捕魚為業。緣溪行，忘路之遠近。忽逢桃花林，夾岸數百步，中無雜樹，芳草鮮美，落英繽紛。漁人甚異之。復前行，欲窮其林。林盡水源，便得一山。山有小口，髣髴若有光，便舍船，從口入。

初極狹，纔通人，復行數十步，豁然開朗。土地平曠，屋舍儼然，有良田、美池、桑竹之屬。阡陌交通，雞犬相聞。其中往來種作，男女衣著，悉如外人。黃髮垂髫，並怡然自樂。

見漁人乃大驚，問所從來，具答之。便要還家，設酒殺雞作食。村中聞有此人，咸來問訊。自云先世避秦時亂，率妻子邑人來此絕境，不復出焉，遂與外人間隔。問今是何世，乃不知有漢，無論魏晉。此人一一為具言所聞，皆歎惋。餘人各復延至其家，皆出酒食。停數日，辭去。此中人語云：「不足為外人道也。」既出，得其船，便扶向路，處處誌之。及郡下，詣太守，說如此。

太守即遣人隨其往，尋向所誌，遂迷不復得路。

南陽劉子驥，高尚士也。聞之，欣然規往。未果，尋病終。後遂無問津者。

賞析

桃花源詩

陶淵明有〈桃花源詩〉，過去教材比較少提到。詩的內容寫了〈桃花源記〉中大致的故事，附在此處，權作對照參考：

嬴氏亂天紀，賢者避其世。
黃綺之商山，伊人亦云逝。
往跡浸復湮，來徑遂蕪廢。
相命肆農耕，日入從所憩。
桑竹垂餘蔭，菽稷隨時藝；
春蠶收長絲，秋熟靡王稅。
荒路曖交通，雞犬互鳴吠。
俎豆猶古法，衣裳無新制。
童孺縱行歌，班白歡遊詣。
草榮識節和，木衰知風厲。
雖無紀曆志，四時自成歲。
怡然有餘樂，於何榮智慧。
奇蹤隱五百，一朝敞神界。
淳薄既異源，旋復還幽蔽。
借問遊方士，焉測塵囂外。
願言躡清風，高舉尋吾契。

其中故事發展與〈桃花源記〉大致相同，後面「淳薄既異源，旋復還幽蔽」，意謂世俗的澆薄與理想世界的民風淳厚，畢竟是異源的兩個世界，是以這個偶然出現的世外桃源，很快的就又不得見了。

這首詩多多少少透露了陶淵明的心志，以

及勾勒這個世外桃源的用意。最後四句寫道：「借問遊方士，焉測塵囂外？願言躡清風，高舉尋吾契。」

「遊方士」是世俗之人，整段話的意思是，請問這些世俗之人，又有誰能知道塵囂之外別有天地。我願意踏著清風，一路飄飄高舉去尋找能契合吾心的世界。

這首詩或能與本文相映證，在細細解讀上能提供不少重要的資訊或方向，內容部分就留待後面一一詳談了。

緣溪行，忘路之遠近

武陵人偶然間發現桃花林並不尋常。

漁人理應對附近的地形十分熟悉，而他卻不知為何到了一個從前沒有到過的地方，這是可注意之處。陶淵明在此僅用「緣溪行，忘路之遠近」來交代，留下許多想像空間。

「忘路之遠近」是不知道走了多遠的意思。「忘」解作遺忘也可以，但意思上差了一層。從文中提供的訊息來看，頂多只知道這個武陵人是捕魚的，卻不知道這趟溪行的目的是什麼。

是以此處的「忘」字下得巧妙：「忘」不只是遺忘，在這裡還有「本就無心」的意思。武陵人沿溪行舟，不為什麼而來，沒有特別的目的。走著走著，就見到了桃花林。

既然本來沒有打算走多遠，要遺忘倒也無事可忘，無從忘起，「忘」字解作「無心」，應比較貼切。即任意沿溪行舟，往水源處走，倒也不會在山中迷失方向。或者說，既然本沒有方向，也就無可迷失。

「忘路之遠近」的心境安排，將一切的發生都歸於偶然，這一點很重要。

漁人發現桃花林，唯一的情緒反應只有「甚異之」，其他都只是對景色的客觀描寫。

而後「復前行，欲窮其林盡水源，便得一山」，這裡的「欲」宜解作「將要」，好過解作「想要」。意思是這段路快要走到水源的盡頭了，而不是漁人想要找到水的源頭。

這兩個解釋的差別，對文本的理解會產生很大的差異。在陶淵明第一段給的訊息中，漁人必須是完完全全不帶任何目的性，自始至終都沒有特別希望尋找什麼或發現什麼的。

王維的〈桃源行〉

唐代王維的〈桃源行〉，脫胎自陶淵明這則故事。詩的前段有「漁舟逐水愛山春，兩岸桃花夾去津。坐看紅樹不知遠，行盡青溪不見人」等句。「紅樹」就是桃花樹，「坐看」有種閒適感，用在此處，寫漁人閒看風景，竟忘了舟行遙遠，已到了溪水盡頭。

特別提王維的詩，是為了與陶淵明的原文作個對照。

王維〈桃源行〉的漁人因坐看桃花，不知不覺行了很遠，與陶淵明原本的故事設定畢竟有些差距。〈桃花源記〉中的漁人只是「緣溪行，忘路之遠近」，後來才發現「芳草鮮美」、「落英繽紛」的桃花林。

面對突如其來的風景，漁人的反應是「甚異之」，這與王維「坐看紅樹不知遠」，心境上有很大的差別。

王維揣摩漁人心態，認為見到這樣的意

外美景，必然會心生嚮往，漸漸忘了本來的目的。他前面寫「漁舟逐水愛山春」，就已經說明了這是一個喜好春色的漁人，這趟旅行本就為欣賞美景而來。

王維喜好山水眾所周知，在他看來，這個漁人也必是被這些清幽的景色所吸引，因此才進入了桃花源。誠然，王維的詮釋與〈桃花源記〉有落差，透過這樣的對比，更可以看出原作中武陵人的無心。

如王維此般人，認為風景可愛，坐看紅樹，本已是十分閒適恬淡，但比之〈桃花源記〉，這層心思仍嫌多了。純純然漫無目的地走，似乎才是通往桃花源的唯一路徑。

衣冠簡樸古風存

「土地平曠，屋舍儼然，有良田、美池、桑竹之屬，阡陌交通，雞犬相聞。其中往來種作，男女衣著，悉如外人」，描寫的是一幅安居樂業的農村景象。「阡陌交通、雞犬相聞」等句，明顯讓人想到《老子．八十章》所描述的理想世界。

後面寫「男女衣著，悉如外人」，過去有些解讀，誤以為這裡是說男女衣著都跟外邊世界的人一樣，這有待商榷。事實上，「外人」就是「外地人」，整句話的意思是：這裡的人衣著很特異，不像一般世俗之人，像是外地來的。

桃花源中住的，是躲避秦時災禍的一群人，自秦便與外界隔絕，因此連衣著器物都沒

有變，還留著當時的款式。〈桃花源詩〉的「俎豆猶古法，衣裳無新製」，就是很有力的旁證。〈桃花源記〉自漁人的角度來寫，自不知秦時衣飾如何，在他看來，這群穿著古制打扮的人理當「悉如外人」，看起來很特別。

現今教材多已採用這個解釋，但我提出這一點，是由於這個設定還有一些可以思考的地方。

本來，虛構一個桃花源、一個理想世界，並不需要這些時空背景，也不需要強調他們的衣飾穿著，或者使之與外人同就可以了。此處特別如此安排，不禁讓人想問，為什麼這群人沒有隨著時代演進，發展出新的衣服式樣、新的生活方式？

桃花源與外界最大的差別，就是它與世隔絕的特色，此外並沒有特別擁有什麼或缺少什麼。然而，就因為缺乏與外面的交通連絡，竟使它的文明發展停滯，這中間的原因確實耐人尋味。

後面寫桃源中人見到漁人，反應是「乃大驚，問所從來」。這提供了我們幾個訊息：

首先，這個村落不排外。更精確點說，他們從來沒有接觸過外人，後面「乃不知有漢，無論魏晉」可以再次證明這一點。這裡的人並非不知曉有一個外面的世界，只是他們對於外面世界的現況一無所知。他們對外界的認知，僅僅來自第一批「避秦時亂」逃難過來的人所留下來的印象。

他們對於漁人的到來感到好奇，但是沒有任何敵意，且相當熱情地款待他，這讓我們推知，這個聚落與外界的隔絕，並非刻意營造，而是渾然天成的。

如果與外界隔絕乃有意經營，漁人是不可能受到如此待遇的。進一步推論，如果這個村落是有意識的在經營，則必有一套制度來凝聚居民共識。但從陶淵明的描述來看，這個地方卻非如此。

在這個村落之中，沒有貧富階級落差，也沒有上對下的治理關係，有的只是自給自足的田園生活，如此而已。

人們對於理想世界的想像，多會停留在以農業為主要產業的發展階段。當人面對的只有土地，生活自然相對單純，人的耕作休息與土地休戚與共。除此之外，沒有其他額外的物質需求，更沒有額外的欲望。

後人描寫農家田園純樸的生活，也喜歡寫古時的生活想像。如陸游就有「簫鼓追隨春社近，衣冠簡樸古風存」的句子。或許人們心中，永遠都存在一個純樸的上古時代，人們務農維生，百姓安居樂業。

或許農業民族千百年來丟失的所有，只是為了人們一直汲汲營營於追求更新更好的生活。陶淵明千古一喚，繁華落盡驀然回首，田園將蕪胡不歸。他日廊前擔柴挑水，蒔花澆菜，善良純真竟是如此簡單。

避秦賢者

有人認為「先世避秦時亂」，帶有政治上的諷刺意味。

陶淵明所處的時代政治十分黑暗，或許這個桃花源之中寄託的理想，多多少少與他對當時政治的不滿有關。這部分情感在〈桃花源詩〉中透露得更明顯：「嬴氏亂天紀，賢者避

其世。」這裡將避亂的人指為「賢者」，多少賦予躲避政治黑暗的行為道德上的肯定，這一點頗值得一提。

在陶淵明那個時代，政治的殘酷與複雜已經是個不可逆的事實，陶淵明的「不為五斗米折腰」，面對的不只是個人懷抱，更是其人不見容於時代的問題。

這部分讓人合理聯想到道家，只不過，陶淵明的行為不是那麼純粹的道家思想。

首先，就道家代表經典《老子》、《莊子》中記載的內容來看，如陶淵明這樣強烈的歸隱志向並不十分常見。這不是說道家經典不支持歸隱，而是一種姿態上的差異。將歸隱田園當作一個志向來追求，本身就是一個很特別的思維模式。

另一方面，道家不喜標舉道德條目，不喜歡塑造人格模型，講求一切相對價值觀的解消。但我們知道陶淵明的「高風亮節」，往往是被推崇的主要標準，這中間的差異也應注意。

陶淵明的歸隱之所以成為一個典型，某種程度上是帶有傳統儒家色彩的。或者說，就根本的儒家思想來看，積極入世未必是唯一的選擇。

一般人以孔子為最高人格指標，於是也把孔子畢生努力，「知其不可為而為之」當作唯一標準。但其實《論語》裡面也有「道不行，乘桴浮於海」此類章句，《孟子・盡心》也說：「得志，澤加於民；不得志，脩身見於世。窮則獨善其身，達則兼善天下。」

依照陶淵明的標準，當時自然是一個亂世，所以他選擇離去，且離去的心志如此堅

決，這使得他的歸隱成為另一種人格典範，具有高度意義。

他將這個桃花源設定為由「避亂之人的後裔組成」，而不是一個「仙鄉」，就賦予了這個地方某種道德上的意義。〈桃花源詩〉中稱他們的先祖是「賢者」，更加深了這部分的設定。

「先世避秦時亂」恐怕不是全然的逃難，而是一種不願與世浮沉的政治選擇，這和伯夷、叔齊「義不食周粟」有類似之處，若將這些政治因素考量進來，〈桃花源記〉勢必得多一層解讀空間。

不復得路

武陵人離去時，村人跟他說「不足為外人道也」，這句話留下的疑團特別多。

就語氣上來看，這並不是一句命令或是叮囑，也沒有要漁人給予什麼承諾。這與前面的設定相同：這個村落的人不排外，但也不願意走出去。

但同樣的，因為避世久了，沒有外邊世界的算計心機，所以連最基本的約定，向漁人要一個守密的承諾，這裡的人都沒有這麼做。這恐怕不是他們在算計上的失誤，而是根本不覺有其必要。

他們對外邊世界不熟悉，當然也不了解如果被外人知道這裡之後，可能造成的後果。「不足為外人道也」可能只是一個很真誠的感

受，那是在什麼樣的情緒下說的，漁人又回應了什麼，陶淵明都沒有明說。

但「不足」這個詞一用，就顯得這句話沒有那麼強烈的契約意味。這或許是陶淵明的一種概歎，彷彿是在說：

這裡的好，或者無所謂好或不好，是你漁人親自走一遭才知道的，至於外邊的人，那是永遠不會懂的。就算你對他們說，他們也不會了解。

這就帶出了兩個層次——

首先，桃花源的美好是沒辦法向任何人轉述的。換句話說，當漁人向外面世界轉述這個桃花源，眾人的想像畢竟會流於膚淺。

世俗中人喜好幽靜、嚮往仙鄉，這樣的追求往往庸俗粗淺，帶有不可抹去的市儈味。漁人回歸後再怎麼費盡唇舌，眾人心中所想像的、建構的，必然又是另一番光景。這份想像中必帶有自己的預設、自己的期待，是以追尋祕境的美好，成了一種有目的性的追求。

但這樣的生活，一旦帶有目的性，就失去了他最珍貴的部分。

漁人出洞之後立刻告知太守，可想而知，這群慕名而來的人與當初找到村落的漁人，心態是完全不同的。

漁人自己的心態也不同了，起初的無心，現在的有意，分別象徵了兩種追求山林幽靜之人的心境：有些人的歸隱是帶目的性的，沽名釣譽，似於俗人的附庸風雅，很多時候這類人並非真心避世，只在意歸隱的名聲，外人眼中自己高潔的姿態；另一種人是真心歸隱，對這種人來說，任何追求都是無心的，並不特意要在山水田園中獲得什麼，只是不願再困於凡

塵俗世，只是厭倦了汲汲營營之人生，如此而已。

此外，大自然願意給我們什麼，我們也就欣然接受，「採菊東籬下，悠然見南山」，境界心情大抵如此。

首段寫漁人的無心，用了許多巧妙的字句來安排，後面漁人有意追求，沿途留下記號，又通報了太守，那就成了俗人的追求，再也無法找到這個桃花源了。

南陽劉子驥

「南陽劉子驥，高尚士也，聞之，欣然規往。未果，尋病終。」

關於劉子驥的討論很多，有人集中在討論他的象徵意涵，也有人認為這是陶淵明的自比。

這些推測自有其根據，但畢竟沒辦法證實，這裡也就不提。有人說陶淵明之所以這樣寫，是因為劉子驥真有其人，這麼寫是為了增加故事的真實性。這個說法我不反對，只是我也不認為增加文本的真實性，對一篇明顯是虛擬的作品有多大的意義。

畢竟此段留白甚多，這裡只就文本談文本，提一點看法。

首先，「高尚士也」就是一個很值得討論的說法，細觀陶淵明的文筆，他很少在談到自己的人格、志向之時，以「高尚」自詡。

他並不認為自己的歸隱田園是高尚的行為，或者說，他可能並不屑於此類自我標榜。「高尚」作為一個價值觀念，本來就有定義上的模糊問題。當時許多名士，明裡暗裡皆愛自

謂人格高潔，也許這些人看在陶淵明眼裡，多少有些虛假，有些造作。

陶淵明的詩風自然、通俗，甚至與當時寫作風氣不類，這顯示了他不愛追隨這些「名士」們所追求的。

順著這個脈絡來看，此處寫劉子驥是「高尚士」，即便沒有諷刺意味，也難有絲毫推崇。

唯一找到桃花源的，是無心的漁人。後者不論是世俗的太守，或是自命高尚的劉子驥，都無功而返。

太守找不到，欣然而往的劉子驥，自然也找不到。

或者，這個「欣然而往」本身就是一種多餘的追求，甚至是一種做作、一種表演。當然，這些推論可能都太過了，陶淵明寫劉子驥，並沒有那麼強的諷刺意味，這一點從最後的「未果，尋病終」可以看出一二。

本來，寫劉子驥尋村未果已是多餘，後又多加一個「尋病終」，意思是不久後他就病逝了，竟多少帶點惆悵。

那好像是在說，有人一生追求那麼美好的理想世界，那個與世無爭的世界，但心態上的刻意執著，往往是他們永遠到不了那個世界的原因。

當桃花源是一個「崇高」、「美好」的理想，便已成世俗了。

故事裡漁人沒有再次找著桃花源，那畢竟是故事，在現實生活中，許多隱藏在山林野地的美麗文明，就這樣被外人發現、標舉、宣傳，最後失去了原先的美好。

人們苦苦追求桃花源，卻早已失去了所

有路徑而不自知。也許，只有當我們別無所求之時，水源的盡頭才會再次芳草鮮美，落英繽紛。

第七課

出師表

諸葛亮

科技狂、發明狂。

用筆電連線朝廷與軍隊，運籌帷幄，掌管天下事。

作者

諸葛亮　諸葛孔明，三國時代不可缺少的人物。在我們的記憶中，有兩個諸葛亮，一個是呼風喚雨的鬼神軍師，一個是鞠躬盡瘁的二朝老臣；一個印象來自《三國演義》，一個來自《三國志》和其他史書。

三國裡面的諸葛亮被大幅神化了。尤其是故事的後半。蜀漢人才凋零，《演義》花了大篇幅書寫的英雄人物，一個一個離開歷史舞臺。諸葛亮一人六出祁山，空城退兵、隴上妝神，撐起了小說後半部的故事。

然而，小說塑造的人物越是精彩，講述的故事越是神奇，歷史上的諸葛亮實際面對的情形也就越是艱難。

就歷史的角度來看，諸葛亮並不是一個那麼傑出的軍事家，這不是說他不會打仗，而是他並沒有我們想像中真的那麼用兵如神。

赤壁之戰時，諸葛亮還年輕，這場戰爭打得漂亮的是東吳的周瑜周公瑾，諸葛亮有幸跟在這位偉大的軍事家身邊，吸取了不少經驗。

諸葛亮的軍事實力在赤壁戰後才慢慢嶄露頭角，這不只是個人的才華，還順了時代的趨勢。

後來劉備在漢中稱干，白帝託孤，諸葛亮一肩扛下重任，這些故事我們都耳熟能詳。

諸葛亮真正的政治實力在治理蜀國時展現無遺，他推行的種種制度，包含鹽鐵、蜀錦等的開發，對國家的經濟成長有很大的貢獻。

這些建樹主要還是內政上的，在外交上，除了維持最初的聯吳抗曹外，最重要的就是六次北伐。在小說中，這六次北伐的故事可歌可泣，揮淚斬馬謖、木牛流馬、隴上妝神、火燒葫蘆谷乃至秋風五丈原，無一不為人津津樂道。

諸葛亮的作戰實力在北伐之中再次得到證實，初次北伐戰功不小，甚至逼得司馬懿不敢與之正面交戰，堅守不出。但司馬懿畢竟是傑出的軍事家，事實證明，堅守不出是打敗諸葛亮的唯一辦法。諸葛亮最後積勞成疾，終於敗給了時間。

但在歷史上，諸葛亮北伐的記載相對少很多，也沒有那麼多神奇的橋段。

就歷史情形來看，要從蜀地攻下關中平原，本就是極困難的一件事。諸葛亮的北伐，確實也有很多可爭議處。

有人指出，諸葛亮死後，蜀漢帝國還延續了近三十年，這似乎意味著，蜀漢並不若諸葛亮當初北伐時所形容的如此岌岌可危，後主劉禪也未必真的如此昏庸無能。

當然，一個可以主動發起戰爭的國家，不可能是一個隨時會滅國的國家，更不會因為一人的死亡就馬上遭致敗亡。在諸葛亮的治理下，原本國力較弱的蜀漢政權，不但可以在經濟上支撐起六次北伐這種大規模戰爭，且根據記載，蜀漢的經濟甚至還有所成長，這都不得不歸功於諸葛亮的建設。

在這之前，西蜀一帶一直不是兵家必爭之地。

唐李白有〈蜀道難〉一詩，詩云：「蜀道之難，難於上青天。蠶叢及魚鳧，開國何茫

然。爾來四萬八千歲，不與秦塞通人煙。」自戰國以來，秦國已是整個文明的最西境。巴蜀荒涼，隔著崇山峻嶺，是千百年來「不與秦塞通人煙」的。

秦塞就是今天的關中平原，富庶肥沃的土壤，養出了當年威震天下的秦兵，兵家無不垂涎。

蜀地雖鄰接著關中，但因著地勢天險，歷來幾乎與外界隔絕。為此，蜀地也是個容易讓人安逸懈怠之處。

此地確實易守難攻，但真正要爭奪天下的野心家，若以此地當根據地，光是要發兵關中平原，就要翻越過蜀道天險，在先天條件上就已千難萬難。

當年項羽分封諸侯，就曾把劉邦分封到蜀地，希望他在那裡安逸久了，失了野心，不再與項家爭天下。

劉邦有警於此，命韓信等人離奇翻過了蜀道，大軍殺入關中平原。這段故事在後來的戲曲裡，被創作為「明修棧道、暗度陳倉」的戲碼。實際上這是歷史上的一大懸案，韓信是怎麼達成這項軍事奇蹟的，至今依然眾說紛紜。

到了劉備那個時候，蜀地已經有一定程度的開發了。但諸葛亮堅持北伐，實有他不得已的苦衷。

如諸葛亮這般人，不可能不知道真正的危機，然如果在蜀地待久了，安逸的日子終將招致亡國之禍。

所謂「生於憂患，死於安樂」，我們的歷史告訴我們，一個國家最懼怕的不是敵國的壓迫，而是內部缺乏憂患意識，甘於現狀。蜀國擁有蜀道天險，又有富饒的物產，這些建國的

優勢有多麼可依靠，就有多麼危險。

諸葛亮積極北伐當然可能帶有很深的個人情感、信仰，但實際上的情勢考量，必然才是真正決定性的因素。

諸葛亮死後近三十年，蜀國才被滅，這一點總讓我難以釋懷。

良心而論，諸葛亮當年的北伐，確實有操之過急之處，其必要性可議。蜀國當時並不需要這樣的軍事行動，以解任何燃眉之急。

然而，許多事情都不是當下就可以看出效果的，我們也不敢保證若當年沒有六次北伐，後來的蜀國是不是能累積更多的國力，維持更穩固的政權。

六次北伐，還有很大一部分是諸葛亮在與剩下的壽命賽跑。這個垂垂老矣的兩朝老臣，當年可也是胸懷大志的少年。

劉備三顧茅廬，初見諸葛亮，一開始說的卻是自己的心事，自己的抱負與理想。此段史有記載，倒非小說家杜撰。

「漢室傾頹，姦臣竊命，主上蒙塵。孤不度德量力，欲信大義於天下，而智術淺短，遂用猖獗，至于今日。然志猶未已，君謂計將安出？」

那像是在說，欸，天下已經這樣了，可是我不自量力，還想救他一救。我還有夢想，還有心中想去的未來，可是我實在無能為力了。告訴我，怎麼辦？

那年劉備年近半百，諸葛亮還沒過而立之年。

偶爾偶爾，撇開了五丈原的秋風，撇開了天下三分的大計，我更在意那個隆中少年，三十未滿，收拾了行囊，揮別田園，從此羽扇

綸巾奔走天下的身影。

他在意的，到底是什麼？是哪一句話、哪一個眼神。一個大自己二十來歲的中年人，在自己面前訴說未完成的理想，那是什麼感覺？

也許無論怎麼推測，都是用感性去彌補理性的空白，但我卻總忍不住要往這方面想去。

中國有部三國戲劇的插曲寫諸葛亮，歌叫〈臥龍吟〉，我個人很喜歡。

詞是王建寫的，其中有一句：「歸去歸去來兮，我夙願，餘年還做隴畝民。」這可能是諸葛亮的心聲，希望打完了天下，可以回到田野間，晴耕雨讀，度過餘生。

餘年還做隴畝民。

可最後沒有，五丈原秋風年年吹，真真切切是：「出師未捷身先死，長使英雄淚滿襟。」

題解

〈出師表〉又稱「前〈出師表〉」，這篇在《三國志》中就有出現，背景是諸葛亮誓師北伐，繼承先帝劉備的遺志，這些史事大家都熟，就不細說。

本來還可以談一篇「後〈出師表〉」，可這篇《三國志》裡面沒有，諸葛亮的文集中也未見，許多人認為可能是偽作。就文章內容來看，後〈表〉與前〈表〉的連貫性不明顯，疑點又多，偽作可能性極高。與蘇軾〈赤壁賦〉情況不同，講後〈表〉對解讀前〈表〉沒有太大的幫助，所以這裡就不談了。以下前〈表〉僅以〈出師表〉稱之。

我們現在看〈出師表〉，很有可能會受到宋代以來的「蜀漢正統」影響，認為諸葛亮是為了討伐漢賊而點燃戰火，忠臣良將當義不容辭。

但歷史的定位是會變的，「正統」的地位，是一個想像出來的概念，背後仍是一個個權力鬥爭的結果。

如當年曹丕篡漢，宣稱是「禪讓」，是獻帝讓賢與曹丕。先不論這背後的陰謀，「篡位」與「禪讓」霄壤之別，已道盡了歷史詮釋之奧妙，有時一字兩字之轉，也足以論斷賢愚興衰。這至少讓我們弄清楚一件事：歷史上的政權爭奪，並沒有絕對的對錯。

血緣關係很早就成為維繫政治非常重要的力量，從部落時代一直演進到文明國家，權力

核心的組成，一直與血緣脫不了關係。

劉備能夠宣稱自己為正統，也是建立在這層關係上，若他不是「皇叔」，充其量也只不過是一方軍閥而已。

但單就靠這層關係，已給予蜀漢政權一個非常好的出兵理由。

從曹操「挾天子以令諸侯」成為「國賊」，到曹丕的「篡漢」，也是立於在這樣的價值體系之上。後來《三國演義》刻意塑造劉備「仁德」的一面，又醜化曹操，斥其為「奸相」、「國賊」，這顯然是後人加上去的價值觀。

事實上，歷史上的曹魏政權所行的絕不可能是傳統上橫徵暴斂的「暴政」。原因無他，試想，若曹魏的政治核心果真昏庸無能，那他的強大就會顯得十分弔詭。一個有一定實力的政權，掌握民心是很基本的事，比之衰微的漢室，曹魏政權對於人民百姓，未必真是如虎狼一般的存在，討伐曹魏，也未必是救人民於水火。

回頭談談「出師」這件事。既然曹魏非天下所公認之惡，那諸葛亮想師出有名，必然要另舉大旗。或許此處最該問的問題，是〈出師表〉的目的到底是什麼？

諸葛亮上〈出師表〉，最主要的目的，自是為了說明北伐的理由。

蜀後主劉禪雖是皇上，但劉禪稱諸葛亮為「相父」，蜀國的政治大權，其實是握在諸葛亮手裡的。然而，即便大權在手，諸葛亮仍有必要針對這次北伐，對後主劉禪說一些話。

從〈出師表〉的內容可以看到，諸葛亮的姿態、口吻，儼然一個父執輩對晚輩的諄諄教

誨。後面更屢屢提到和先帝劉備的革命情感，這些內容，顯示了諸葛亮與劉禪之間的關係，並不只是一般的君臣。

《三國志》中記載，劉備臨終前叮囑劉禪：「汝與丞相從事，事之如父。」希望劉禪待諸葛亮如父，這和〈出師表〉的內容正好相互呼應。

另一方面，戰爭殘酷，蜀國的國勢不如魏國，儘管諸葛亮花了很大的精力鞏固內政，但「北伐大業」畢竟勞民傷財，對蜀國有損無益。

諸葛亮可以有自己的情勢分析，或是各種考量，但不管基於什麼樣的理由，這麼重大的政治決策，要說明的對象就絕對不只是後主劉禪一人。

諸葛亮要北伐，憑他的身分地位，當時的劉禪當然沒辦法、也沒理由反對。但身為一個臣子，尤其是一個背負國家重責大任的兩朝老臣，諸葛亮即不能一意孤行，不能僅以自己在朝中的地位，作為北伐的令箭。

是以，與其說〈出師表〉的目的在於說服劉禪，不如說是在給「出師」這件事安排一個合理的動機，賦予其不容質疑的意義。

諸葛亮要說服的對象不只是後主劉禪，還有朝中元老重臣。

要知道，劉備當初入蜀以來，為了鞏固政權，任用了許多蜀人。這些蜀人身居要職，但未必有北伐的意識，心中所思所想，自然也和諸葛亮有落差。

曹魏政權為何要被討伐，而討伐大旗，為何又必須由繼承漢朝正統的蜀漢政權所舉，這是一個必須被包裝經營的意識形態。

因此，當諸葛亮強調了蜀漢正統的地位與責任，強調了他和先帝之間的情感，更透過了一種父對子的叮囑口吻，再次強調了他與劉禪的關係時，此番表述，讓劉禪乃至朝中大臣，難以找到任何理由去反對北伐。

先不論北伐的結果如何，我們至少可以肯定〈出師表〉在寫作策略上非常成功。或者說，在作決定的時候，花點心思向大家說明，這是政治人物基本的誠意與責任。

當然，現今的社會制度已經不同了，政治決策的說明對象，也由朝中大臣變成整個廣大的社會公民。因此，政治人物更有必要在做出每個決策的時候，將自己的立場梳理清楚，並將之整理出來告訴人民。

至於這些政治語言是怎麼樣被操弄的，背後依據的標準是什麼，又希望塑造怎麼樣的政治形態，那是另一個層次的問題了。

〈出師表〉內容慷慨激昂，似乎也是在梳理諸葛亮自己畢生的抱負。有哪些事沒有完成，有哪些責任還沒有盡，又為了什麼，必須把生命奉獻在這裡。也許〈出師表〉真正要說服的，還包括了諸葛亮他自己。

課文

臣亮言：先帝創業未半，而中道崩徂。今天下三分，益州疲弊，此誠危急存亡之秋也。然侍衛之臣，不懈於內，忠志之士，忘身於外者，蓋追先帝之殊遇，欲報之於陛下也。誠宜開張聖聽，以光先帝遺德，恢弘志士之氣；不宜妄自菲薄，引喻失義，以塞忠諫之路也。

宮中府中，俱為一體。陟罰臧否，不宜異同。若有作奸犯科及為忠善者，宜付有司，論其刑賞，以昭陛下平明之理，不宜偏私，使內外異法也。侍中、侍郎郭攸之、費禕、董允等，此皆良實，志慮忠純，是以先帝簡拔以遺陛下。愚以為宮中之事，事無大小，悉以咨之，然後施行，必得裨補闕漏，有所廣益。將軍向寵，性行淑均，曉暢軍事，試用於昔日，先帝稱之曰能，是以眾議舉寵為督。愚以為營中之事，悉以諮之，必能使行陣和穆，優劣得所也。親賢臣，遠小人，此先漢所以興隆也；親小人，遠賢士，此後漢所以傾頹也。先帝在時，每與臣論此事，未嘗不歎息痛恨於桓、靈也。侍中、尚書、長史、參軍，此悉貞亮死節之臣也，願陛下親之、信之，則漢室之

隆，可計日而待也。

臣本布衣，躬耕於南陽，苟全性命於亂世，不求聞達於諸侯。先帝不以臣卑鄙，猥自枉屈，三顧臣於草廬之中，諮臣以當世之事，由是感激，遂許先帝以驅馳。後值傾覆，受任於敗軍之際，奉命於危難之間，爾來二十有一年矣。先帝知臣謹慎，故臨崩寄臣以大事也。受命以來，夙夜憂慮，恐付託不效，以傷先帝之明。故五月渡瀘，深入不毛。今南方已定，兵甲已足，當獎帥三軍，北定中原，庶竭駑鈍，攘除奸凶，興復漢室，還於舊都。此臣所以報先帝而忠陛下之職分也。至於斟酌損益，進盡忠言，則攸之、禕、允之任也。

願陛下託臣以討賊興復之效；不效，則治臣之罪，以告先帝之靈。若無興德之言，則責攸之、禕、允等之慢，以彰其咎。陛下亦宜自課，以咨諏善道，察納雅言，深追先帝遺詔。臣不勝受恩感激。今當遠離，臨表涕泣，不知所云！

賞析

創業未半

「創業」指的是開創自己的基業，不只是消滅曹魏政權。

劉備當初的志向為何，確實值得討論。按理說，劉備高舉的口號，應是興復漢室，驅除國賊，如果曹丕不篡漢，漢室未滅，劉備是不能自立為王的。

這裡可以粗略區分為「統一天下」與「一匡天下」兩種概念。先主劉備在「興復漢室」與「成就自己霸業」這一部分的定位，其實是很模糊的。

當然，劉備必然有自己的野心，只是他先天的血緣優勢，讓他以「匡扶漢室」為口號，能夠得到比較多的支持。

《三國志．先主傳》記載：「先主少時與宗中諸小兒於樹下戲，言：『吾必當乘此羽葆蓋車。』」

「羽葆蓋車」是皇帝乘坐的車子，劉備小時候指著像是車蓋的大樹，自稱有一日要乘坐這車，也就是要作皇帝的意思。這段記載不禁讓人想到劉邦、項羽的故事。

先不管這段記載是否可靠，但劉備志不在小，絕不會只想作區區一個漢室忠臣，這一點卻幾乎是可以肯定的。

當初的隆中對，劉備問諸葛亮的，是漢室傾頹了，該如何輔佐王室，救亡圖存。但諸葛

亮給的策略卻是先取荊州、再取益州，三分天下，然後聯吳抗曹，北伐奪回中原。若這些都能完成，「則霸業可成，漢室可興矣」。

諸葛亮的隆中對，似乎猜中了先主劉備的心思。劉備不只要作一個忠臣，還要作一個成就霸業的王者。從一個連根據地都沒有的人，一路與天下英雄爭鋒，最終能夠雄霸一方，在蜀地稱王，劉玄德固一世之雄，但諸葛亮更功不可沒。

諸葛亮在〈出師表〉中寫「先帝創業未半」，指的應當就是由當年的隆中對展開的一連串計畫。

後面說「今天下三分，益州疲弊，此誠危急存亡之秋也」，給出了北伐的第一個理由，也是〈出師表〉全篇論述的基礎。

天下三分雖是當年的隆中對就安排好的，但如今的蜀國與當年諸葛亮的計畫，有一個最大的差別，那就是荊州已遭東吳奪還。

失了荊州這個交通要地，等於斷了蜀國出外的重要道路，這讓北伐變得困難重重。「益州疲弊」不盡然是客觀事實，更是諸葛亮心中的擔憂。光靠益州這塊地，是沒辦法與其他諸侯抗衡的，蜀國若不自強，只會慢慢被侵吞，最後在歷史舞臺上消失。

諸葛亮在第一段就頻頻提到先帝，目的至少有二：其一是要強調自己受先帝恩惠太深，必須鞠躬盡瘁、死而後已。其二是強調北伐為先帝遺志。這是當初隆中對就預計好的路，劉備沒有走完，如今諸葛亮要獨挑大樑，繼續未竟的旅程。

賢臣與小人

「誠宜開張聖聽，以光先帝遺德，恢弘志士之氣」這段開始，諸葛亮特別在意後主劉禪的用人。

顯然諸葛亮看到了一些可能的問題。後來羅貫中寫《三國演義》，後主劉禪被塑造成聽信讒言的昏庸君主，但畢竟不是史實。

後面說「親賢臣，遠小人，此先漢所以興隆也；親小人，遠賢士，此後漢所以傾頹也。先帝在時，每與臣論此事，未嘗不歎息痛恨於桓、靈也」，很大一部分是兼談歷史，並沒有那麼強的勸諫意圖。

這段論述當然也是有意思的。諸葛亮將漢朝滅亡的原因歸納出來，用作勸諫後主的話語。這段文字一次扣緊了「漢室」與「先帝」

兩個要素，再次強調了北伐的必要。

復興漢室，是蜀漢政權擺脫不掉的責任，如果宣稱自己延續了漢的正統，卻偏安於蜀地，於情於理總有些說不過去。或許該同情劉禪吧，這個國家似乎有種原罪，必須在種種不利的情況下，硬是和強權曹魏開戰。

幾場仗打下來，最致命的問題永遠是糧草的補給。戰線拖得如此長的征戰，成功的機率本就極低，損耗的國力更不在話下。真正獲益的是什麼，實在很難說。

後面整段都是一些很基本的為政之道，諸葛亮也舉薦了一群值得信任的人，諸如「郭攸之、費禕、董允、向寵」等，有的在諸葛亮死後，成為輔佐劉禪重要的人物。這些人多是劉備舊部，跟隨先帝日久，如費禕、董允等，更是久在蜀地的舊臣。

諸葛亮死後，劉禪寵信宦官黃皓，董允屢屢上諫劉禪斥責黃皓。董允還在世時，黃皓畏懼董允，尚不敢為非作歹。直至董允死後，黃皓方才擅權，排擠繼承諸葛亮遺志的姜維，讓姜維的北伐徒勞，造成了不少問題。

劉禪後來被寫成無能的君主，應與他寵信宦官黃皓，以及後來亡國後樂不思蜀的表現，脫不了關係。

有人認為樂不思蜀的表現是劉禪裝傻以自保，這部分確實也有可能。但當時的劉禪不管怎麼做，都沒有辦法再與強大的司馬氏政權抗衡，這一點也是肯定的。此外，蜀國的敗亡與黃皓等宦官脫不了關係，但也非全部原因。

歷史有時候需要找個怪罪的出口，宦官亂政是許多朝代共有的痛，這些寵臣，往往也是士大夫們深惡痛絕的對象。劉禪寵信宦官黃皓，在後代的歷史詮釋中多少被放大檢視了，也種下了小說中劉禪昏庸形象的種子。

三顧臣於草廬

「臣本布衣，躬耕於南陽，苟全性命於亂世，不求聞達於諸侯。」此段寫諸葛亮本來的志向，讀來總讓人有些感慨。

「苟全性命」、「不求聞達」恐怕是諸葛亮自謙的說法，並非事實。

實際上諸葛亮當然是個胸有大志之人，否則以一個真心想躬耕終老的人來說，是不可能提出隆中對這樣複雜又全面的天下大計的。諸葛亮未出山時被稱為「臥龍」，他的才華早已被人看見，其志不在小，當不在話下。

根據記載，諸葛亮平日好唸〈梁父吟〉，

更常以管仲、樂毅自比。〈梁父吟〉是首無名氏作的樂府詩，記述春秋時齊國宰相晏嬰，用計幫助齊景公剷除功勞過高的三大功臣之事，即歷史上有名的「二桃殺三士」。管仲樂毅皆輔佐國君之能臣，諸葛亮以之自比，用心可想而知。

只是諸葛亮當時畢竟過於年輕，難以讓人信服。

隆中對發生時，諸葛亮不到三十歲，劉備卻已征戰四方，年近半百，整整比諸葛亮大了二十歲。以劉備當時身分，卻願意三顧茅廬，向諸葛亮請教天下大計，這一點已不是難能可貴足以形容。

當時的戰爭不若今日有許多發達的科技可以輔佐，許多戰時的臨陣反應，都有賴豐富的爭戰經驗。諸葛亮當時年輕，又是文人，劉備重用他，身邊一群能征慣戰的老將勢必不服。關羽和張飛起初不服諸葛亮，這不只是小說的情節，史書上也確實載有此事。

劉備形容得到諸葛亮是「如魚得水」，足見劉備給予諸葛亮的期許與信任，自此，一個全新的舞臺出現在諸葛亮面前，等著他去一展身手。

「先帝不以臣卑鄙，猥自枉屈，三顧臣於草廬之中，諮臣以當世之事，由是感激，遂許先帝以驅馳。」這段話說得真切，縱然難免有其目的，但其中的情感躍然紙上，讓人很難純以政治語言來解讀。

「不以臣卑鄙」是指先主劉備沒有因為諸葛亮只一介草民，年未滿三十，就輕視於他，反而願意親自登門拜訪，三顧草廬。這在情在理，都是使諸葛亮願意一生奉獻的重要原因。

由此也可以看出劉備確實有他的領袖魅力，才可以透過這樣的舉動感動一個不世出的奇才。

後來杜甫寫〈蜀相〉，寫道「三顧頻煩天下計，兩朝開濟老臣心」，將諸葛亮與劉備的這段故事描述得很動人，這也足見這一段經過，對後人影響至深。

劉備賞識諸葛亮，諸葛亮用一生報答恩情，一直都是三國故事中數一數二動人的橋段。《三國演義》為增加可看性，於情節上多所虛構，但如「三顧茅廬」這樣特殊的情節卻是史實。

歷史永遠比小說動人，誠然。

亂世真心

最後，我還想談一件事，雖然這可能是我個人的主觀意見。

政治是很複雜的，〈出師表〉背後牽扯的問題也非三言兩語可以討論清楚。雖說諸葛亮強調自己與先帝的情感，極可能就是一種策略性的政治語言。但是當我們在閱讀他的文字時，多多少少仍會有些感動。

這些情感成分夾雜在紛亂的政治語言中間，有時看來有些格格不入，有時候又有種讓人想去相信的力量。

諸葛亮並非不知道北伐的艱難，但種種情感信仰和算計交雜之下，他仍然選擇這麼做。打一場能力範圍之外的仗，勝負還在未定之天，也才成就了大名垂宇宙、「千載誰堪伯仲

間」的堂堂蜀相。

會作夢的人有時候都是不自量力的。任他通天徹地、叱吒風雲，最後都可能栽在自己設下的遊戲規則裡。

是否，這一場遊戲未必要贏，只要我們玩得夠大。棋局將殘，可能滿盤皆輸，但至少這一生狠狠殺過這一場。

機關算盡，依然一顆赤膽忠心。如今映階碧草，隔夜黃鸝，錦官城外年年春色依然，諸葛亮此生是大智或大愚，畢竟也分說不清了。

歷史有趣的地方在於，我們永遠論不清是非對錯，不知道功過成敗，誰的選擇才是真正有價值的。

也許，最痛的不是失荊州，是失了荊州，心中還有夢。

第八課

論性善

孟子

如果生在現代，他就是一位網路戰神。

但古代沒有網路，他只好寫書婊人。

作者

孟軻　戰國鄒國人，留下《孟子》一書，影響後世殊甚。

戰國是一個「百家爭鳴」的時代，「先秦諸子」多在這個時代活躍。雖不能草率地一概而論，但這些思想家關心的，多數不離政治問題。

當時周天子的地位降到了新低點，諸侯爭雄，有著各自的盤算。社會階層的流動加劇，知識不再被貴族壟斷，各階層的人從各自的角度反省著時代問題，思索著社會的未來。在這個舊秩序崩解，新秩序尚未建立的時代，諸多影響後世甚鉅的思想家，在歷史的舞臺上逐漸嶄露頭角。

來談談儒家。

孟子上承孔子的思想，後人將孔、孟合在一起，視為儒家思想的源頭。孟子被稱作「亞聖」，是儒家思想除孔子之外最重要的代表人物，從前的教育是這樣告訴我們的。

《論語》留下的，很多是原則性的短語，相比之下，《孟子》中的論證就相對豐富，也點出很多重要的問題，建立了許多具體的觀念。儒家思想沒有孟子，確實會失色許多。

孔子到孟子的思想，可看作是周文化禮樂傳統的延伸。孔子是「禮」的專家，他的思想不只恢復了「禮」的形式，更重新賦予「禮」的內涵價值。這個內涵價值，就是孔子一再強調的「仁」，這也是儒家思想最核心的一塊。

就思想內部的脈絡來看，孟子思想和孔子的關係確實很密切。更確切一點說，孟子發揚了孔子思想的其中一部分。

之所以會特別強調這種關係，是因為孟子並非那個時代唯一傳承孔子思想的人。

事實上，孟子與荀子分別承繼了一部分的孔子思想，並以此為基礎，各自開展了一套學說。過去的教育雖沒有忽略荀子，但提到儒學時，還是習慣孔孟相稱，這是可惜之處。

《孟子》思想以人性論與政治思想最受關注。人性論就是著名的「性善說」，政治思想最有名的則是「民本思想」。這兩者在孔子那裡並未完全確立，但到了孟子，卻建立起一整套完整的論述過程，這一點非常值得注意。

孟子自謂繼承孔子之道，但兩個人面對的時代畢竟有所不同，因此在面臨不同的時代問題時，也會展現不同的應對方式。

談兩人的思想是否有承繼關係，首先需要探討思想的核心、本質。孔子被視為儒家的開端，孟子被視為孔子之後儒家的第一人，這和他們思想的核心有著重要的關係。

就思想的內涵來說，「仁」是孔子的思想中心，孟子依循這個，另外強調了「義」，基本上仍是孔子思想的延伸。「仁義」是儒家思想非常重要的概念，歷代遵奉儒家思想的人，對於「仁義」都有著各自的承繼與詮釋。

不過，孔、孟、荀被歸類為「儒家」，除了這些思想內容外，很重要的一部分是由於政治上的身分。

孔子是貴族之後，他培養學生成為「士」，是希望讓學生成為好的政治人才。這樣的思維與周文化的禮樂制度脫不了關係。儒

家許多思想都由上位者的角度出發，便是一顯明的例證。到了後代，許多統治者利用了儒家思想帶有的封建特色，作為維繫政權穩固的工具。但這些封建色彩是時代使然，儒家思想卻絕非為了鞏固統治者的威權而出現。

細觀孔孟思想，他們真正在意的價值並不在此。尤其是孟子，他的革命思想讓許多上位者感到頭痛、畏懼，這使得孟子學說在歷代也受到一定程度的打壓、排擠，這部分後面詳談。

「儒」就是讀書人，就是掌握知識的一方。孟子提出「勞心者治人，勞力者治於人。治於人者食人，治人者食於人，天下之通義也」的概念，清楚將生產階級與知識階級區分開，賦予各自不同的責任。

儒家思想賦予知識階層較多的社會責任，自孔子就可以明顯看出。孔子認為作為一個「士」，有專屬自己的責任，不應該另花時間去學習生產階級的技能。

有次樊遲問了孔子種田和種菜的事，孔子後來說：

「小人哉，樊須也。上好禮，則民莫敢不敬；上好義，則民莫敢不服；上好信，則民莫敢不用情。夫如是，則四方之民襁負其子而至矣，焉用稼？」

意思是上位者只要有禮、義、信等美德，下位者自然會跟從，不需要親自下田耕作勞動。孔子要培養的是治理人民的政治人才，這樣的運作模式，即是標準的儒家思想。儒者的學習包含知識與道德，目的是為了要當社會的勞心者，要「治人」。

不過，用「儒家」來統稱孔、孟、荀，雖

是方便我們掌握他們的思想特質，但畢竟不是一個最嚴謹的作法。

若要進一步釐清這些思想的特色，回歸各人的原典，直接探討這些人思想的脈絡與價值，會比用「儒家」來概括他們一概而論，要來得精準。

而且，孟子的學說並非一開始就受到重視，這一點也應當有所了解。我們今天會將孟子視為儒家學說的第二人，是歷史慢慢演變過來的結果。

《孟子》一書自漢代以來，地位一直都不很高。唐韓愈論儒家道統，將孟子放在孔子之後，將之視為孔子思想的繼承者。「道統」觀的確立，是孟子地位提升的開始。直到宋神宗時，《孟子》一書才首次被列入科舉考試科目中。後來孟子方被准許配享孔廟，與孔子的諸弟子放在一起，其在儒學中的地位大致抵定。

到了南宋，朱熹把《孟子》與《論語》、《大學》、《中庸》合為「四書」，後來四書更成為考試定本，孟子也慢慢有了今日的地位。

題解

本篇選的是《孟子》中談「不忍人之心」的一段。

《孟子》篇章多，選擇本也不少。理論上選《孟子》的政治思想篇章，可以談的現代議題會更多。不過幾經考量，我想還是有一些更核心、更根本的問題應該要處理，所以才選了這一段。

這一段是《孟子》「性善說」極重要的論述基礎。

「人性本善」人盡皆知，沒什麼好談。不過就是人生而善良嘛，這種老掉牙的、過於溫暖的論點，似乎早該被現代社會淘汰。

我並非孟子或儒家的信徒，關於人性問題也仍有許多未解之處，還在繼續思索。只不過也許大家對於《孟子》的原文並不那麼熟悉，理解「人性本善」時，往往也只從字面上解讀，少有人真正能了解這個學說的立論基礎，遑論其對於儒家思想的貢獻，這是比較可惜的。

我特別挑了這一段出來談，是希望可以回歸文本，談談人性，談談善與惡。

這一段話語出《孟子．公孫丑上》，孟子在這裡談人的「四端」，建立了整個性善論的基礎。孟子談的重點集中在人的「惻隱之心」，下的定義很明確，要了解孟子的性善論，這一段論述是繞不過去的。

過去常有人爭論人性「本善」或「本惡」

孰是孰非，難以給出必然的答案。

有人從實際案例談，選擇相信其中一方。或因著人類的自私、暴力等行為，沮喪地說著「人本來就是惡的」，或在一片黑暗中找到了片刻溫暖，堅信「人畢竟善良」。這兩個看似互相排斥的觀念，似乎仍只能憑著直覺，甚至接近某種信仰的方式選邊站，具體的問題卻始終難以釐清。

在談這個問題之前，我想先談一下「善」與「惡」的具體意涵。

很多時候我們論及所謂的善惡，並沒有絕對的標準。善惡之間的區隔，有時更接近於一種立場問題。

世上所有的行為，一旦涉及到善與惡的價值判斷，就必然落在相對的層次。人們的立場最終會達到滿足社會最大利益的層次，是以在世俗上，有了倫理道德的標準，有了正義良善，相對的也定位了惡。

譬如我們說盜匪是惡，而執法人員將之逮捕就是善，但站在盜匪的立場，伏法對於他們來說，卻是一個惡的結果。

其間差異的問題在於觀看的角度不同、立場有別。推到最後，眾人認為的善，必然以符合群體最大利益為原則，這個利益不只是物質上的，更包含精神上的。只要是對社會人間有助益的，就是善；反之只要對社會人間有害的，就是惡了。是非善惡，只能是一種公共約定的默契。

人們將標準不斷提高，追求全社會的福祉，卻也關係著人們的民族觀、世界觀。在民族衝突的歷史上，一個民族的英雄，往往可能是另一個民族的罪人。

所有的善惡道德問題，都是在人與人相對待的基礎上產生的。如果世間只有一個人，自然也就無所謂道德善惡。

有一些行為被視為罪大惡極，比如燒殺擄掠。這無非是因為這些行為直接威脅了人類的生存，破壞了人類最大的利益，阻礙了人們和諧共存。但這是我們用更宏觀的視野來看待這些行為所得出的結果，時空稍稍替換，這些十惡不赦的罪孽，也未必放諸四海皆準。

除了立場問題，在談論「善」與「惡」時，動機與結果也是必須被區分開的兩個概念。有時候，出於善念的行為未必會導致好的結果，出於惡意的表現也有可能換來良善的結局。

這是人類社會錯綜複雜的結構所造成的問題，也因著這些複雜性，在談論善與惡之時，從動機來談往往比結果要來得簡易純粹。

就這樣的角度來看《孟子》，可以發現人性中的「四端」，只提供了純善動機的基礎，與結果如何暫無關聯。

這裡也不得不談一下「性惡論」的代表人物——荀子。

究竟荀子談的是「惡」的動機，還是「惡」的結果，這裡必須稍作釐清。

《荀子》談「性惡」是這樣說的：「今人之性，生而有好利焉，順是，故爭奪生而辭讓亡焉。生而有疾惡焉，順是，故殘賊生而忠信亡焉。生而有耳目之欲，有好聲色焉，順是，故淫亂生而禮義文理亡焉。」

這段話大致的意思是說：人生來有「好利」、「疾惡」、「耳目之欲」等天性，因著這些，會產生「爭奪」、「殘賊」、「淫亂」

等問題。這裡提及惡的結果，確實破壞了社會的和諧，在這個基礎上說這些是惡，確實並無不可。但值得討論的是，荀子有沒有提及人性純粹的「惡」呢？

綜觀荀子的思想，惡似乎只是欲望無節制發展後的結果。換個角度來看，假如今日資源分配均等了，或者更進一步說，人類所有的欲望可以得到無上限的滿足，那這些惡的結果基本上並不會產生。

這裡暫且不論荀子的性惡說是否透徹，單就這一個論述脈絡來看，孟子談人性的善與荀子談人性的惡，至少在動機與結果上，著重之處就有所不同。孟子談人性中善的動機，荀子則談人的欲望產生惡的結果，這兩個論點並沒有衝突。

當然，孟子與荀子的思想並非全部都可以相容，也有很多論述上有所差異，需要更進一步討論。我想在這裡稍作釐清的只是，就原本的論述方式來看，孟論「性善」與荀論「性惡」層次有別，並不是一個二擇一的問題。

談善惡問題，不能用草率的二分法加以論斷，動機與結果更不能輕易混同。這些觀念清楚了，再來看《孟子》的原文，比較能掌握其中脈絡。

課文

孟子曰：「人皆有不忍人之心。先王有不忍人之心，斯有不忍人之政矣。以不忍人之心，行不忍人之政，治天下可運之掌上。所以謂人皆有不忍人之心者，今人乍見孺子將入於井，皆有怵惕惻隱之心。非所以內交於孺子之父母也，非所以要譽於鄉黨朋友也，非惡其聲而然也。由是觀之，無惻隱之心，非人也；無羞惡之心，非人也；無辭讓之心，非人也；無是非之心，非人也。惻隱之心，仁之端也；羞惡之心，義之端也；辭讓之心，禮之端也；是非之心，智之端也。人之有是四端也，猶其有四體也。有是四端而自謂不能者，自賊者也；謂其君不能者，賊其君者也。凡有四端於我者，知皆擴而充之矣，若火之始然，泉之始達。苟能充之，足以保四海；苟不充之，不足以事父母。」

賞析

不忍人之政

「仁政」自古以來即是儒家一直強調的政治理念。

前面談〈原君〉的時候，已提過人治思維的極限。期待一個有仁德的上位者好好治理國家，而非想辦法建立一套制度來解決問題，這是「民本」與「民主」的差別。

《孟子》此處提「不忍人之心」，首先談到的仍是「先王」。「先王」並不是實指某位君王，而是一種對過去理想中君主的通稱。

「先王」這個詞，更透露了儒者對舊時代的嚮往。關於這些，在〈原君〉那一課已經談過了，這裡先不提。

「人皆有不忍人之心」，先給出一個前提條件，作為後面論述的基礎。「不忍人之心」人人都有，是人之所以為人的先天條件。第二句直接切到「先王」，指出「先王」因為能夠發揮人人皆有的「不忍人之心」，因此可以行所謂的「不忍人之政」。

在孟子的假設中，只要統治者能夠以此「不忍人之心」作為執政的基礎，那麼「治天下」就能得心應手，「可運之掌上」了。

孟子談人性，關心的仍是政治問題。發揮人先天的善性，是國之所以能治的基礎。儒家所期待的「仁政」，在解讀上可以有很多空間，《孟子》此處將之回歸到人心上來

談，是《孟子》在論述上的貢獻。以「不忍人之心」來說明「仁政」，非常貼合「仁」的本質，能清楚說明這個內涵精神在政治上的具體應用。

先來談談什麼是「不忍人之心」。

在《論語》中有段記載，有次孔子的學生樊遲，問孔子什麼是「仁」。孔子簡短地回答「愛人」。另則《論語》中，孔子又說：「弟子入則孝，出則弟，謹而信，汎愛眾，而親仁。」

這裡的「汎愛眾」和前面的「愛人」類似，都有博愛眾人之意。後來唐代的韓愈寫〈原道〉篇，開篇就說「博愛之謂仁」，也是延續這個概念，意即仁就是廣博地去「愛」天下眾人。

先秦思想談愛人的不只儒家，我們知道，墨家也講兼愛，說到愛人，墨家談得似乎比儒家更來得勤。如此一來，儒家講「仁」，講「愛人」，又有什麼思想上的特色呢？

回看《孟子》，此處提到的「不忍人之心」，正是「愛人」這個概念的一個好注腳。所謂的「不忍人之心」，指的就是人在面對遭受苦難的他者時，產生的不安、不忍的情緒。

這是一種天生的「同情共感」的能力。在孟子看來，人與人之間存在著這與生俱來的聯繫。這個「不忍人之心」是自我對於眾人最基本的情感，其他的友情、親情甚至愛情，都還不屬於這個層次，是額外加上去的。

「不忍人之心」，是人對於另一個人，即便素昧平生，也依然會產生的一種純粹的情感。將這個情感擴及整個文明社會，就是先王用以行「不忍人之政」的基礎。上位者對於任

何位階之處境都能感同身受，才能苦民所苦，才能用最關懷人民的方式治理這個國家。

這是孔子「己所不欲，勿施於人」的觀念，在政治上的終極實踐。孟子由心的角度出發，提供了這些概念重要的人性基礎。

乍見孺子將入於井

後面提的是非常有名的「孺子入井」之喻，談到了前述純粹善的動機。

「今人乍見孺子將入於井，皆有怵惕惻隱之心」是一個設定的情境，意思是人突然見到一個小孩子快要掉到井裡了，會產生所謂的「怵惕惻隱之心」。

「怵惕」有驚恐、警惕的意思，「惻隱」則有憐憫、不忍的意思。「怵惕惻隱」指的是人心中不安、不忍的一種情緒。這個情緒的觸發條件，是見到「他人遭受苦難」的事件發生或即將發生。

這裡的「乍見」兩個字非常重要。

突然見到一個小孩子快要掉入井中，此時未經任何思索，就直覺產生不忍心、不安心的情緒，便是所謂的「怵惕惻隱之心」。

一般習慣將之簡化為「惻隱之心」，或多或少較著重於憐憫這一部分，比較缺少對於「怵惕」這部分情緒的描述，有點可惜。畢竟「怵惕惻隱」是包含了不安與不忍兩種情緒的，若少了「怵惕」，便少了一種直覺上的不安，尚不夠貼切。

不安的感覺不假思索而生，硬要論順序的話，怵惕不安還在惻隱不忍之前。孟子認為這份由不安而不忍的情緒，是「人皆有之」的，

這是其論性善的主要根據。因著這份不安，讓這個情緒在發動之時更加細微，也更純粹，這讓孟子的性善說有更好的理論基礎。

後面說「非所以內交於孺子之父母也，非所以要譽於鄉黨朋友也，非惡其聲而然也」，意思是這個怵惕惻隱之心之所以會產生，並不是因為一些外部原因所造成的。

「內交於孺子之父母」，意謂想透過拯救小孩，以結交孩子的父母。「要譽於鄉黨朋友」，是想藉由救人的義舉，博得鄉黨朋友間的名聲。「惡其聲」指的是厭惡不好的名聲，意思是因為沒有救這個小孩，遭到眾人的譴責非議。

上面說的這些，都可能促使這個見到意外的人，伸出援手，孟子特別提出來，就是要作出區分。

這邊應注意的是：孟子此處談的僅止於心中所生的感受，並不涉及行為如何被落實的層次。

心中生出「怵惕惻隱」之心，並不保證這個人一定會伸出援手，這兩件事情不能混為一談。一個人看到小孩將遭難，不安不忍之外，決定是否出手相助，尚須經過種種考量。這可能更助長了救人的決心，也可能因為道德的壓力不得不救，或可能決心不淌這個渾水。

這些考量雖會左右最後的結果，但他們與最初的那一點直覺情緒，並不是同時發生的，不在同一個層次。孟子特別強調了「乍見」，就是要在這一層上作出區別，避免人以果證因，用行為結果的不善，回去否定動機良善的可能。

無法驗證的人性

孟子的「性善說」一直以來都存在一個無法驗證的問題。

許多人質疑孟子說人人皆有「善性」，並沒有辦法透過任何方式證明。當然，孟子說的並不是人人都是善人，而只是談人人都有「善的可能性」。但這個可能性是否與生俱來、是否人人都有，歷來爭論不休。

孟子談人人皆有「不忍人之心」，用孺子入井的例子來解釋，卻也同時點出了這個說法，在某種程度上是無法被驗證的。

孟子只能說每個人都會有這樣的感受，但這是自由心證的，並無法被任何形式證明。如果有人反對這個說法，他也可以說自己並沒有這樣的感覺。同樣的，他也無法對任何人證明這件事。

這是談人性問題時非常容易碰到的一個狀況，畢竟人心中如何運作、盤算，各自心裡有數，若要以「無法驗證」作為理由，那很多問題便都沒辦法談了。

「由是觀之，無惻隱之心，非人也；無羞惡之心，非人也；無辭讓之心，非人也；無是非之心，非人也。」

延續上述的問題，孟子進一步提出了他的看法。按照這裡的語句來看，他認為沒有「惻隱之心」的人，不能算是人。這樣會產生兩種解讀的可能：其一是指出某些人不具備這些善性，那就沒有人性，不能算是人；其二是以此反推，說明人人都具備這些善性，所以不會有例外的情況。

當然，依照孟子的論述，我們採取第二種

解讀，問題會比較小。

被忽略的其他三端

這一段還有另一個問題。

孟子本段論「四端」，上面的例子卻只說明了「惻隱之心」運作的情況。孟子後面一連提出了「惻隱」、「羞惡」、「辭讓」、「是非」四種心，卻沒有再進一步的說明。

既然孟子沒有說明，那我們也無從得知孟子這中間的推論空白，該以什麼方式填補。

最麻煩的地方在於，除了惻隱之心以外，其他的心具體是怎麼運作的，如何作為人與生俱來的「善端」，在這裡都沒有可根據的文字能幫助我們進一步理解。

對人的惡分析得並不夠深，這是孟子的問題，我們最後談。

「端」指的是端點、開端的意思，這說明了人的善性只是一個微弱的存在，是一個開始、端點，是需要被培養的。人會為惡，是因為「善端」沒有被好好擴充，以至於原本的善性被蒙蔽了。

雖然孟子並沒有詳細說明「羞惡」、「辭讓」、「是非」的具體內容，但根據他搭配的仁、義、禮、智四個德目，我們還是可以嘗試說明一下。

所謂的「義」，指的是合理的、分所當為的行為，這是由「仁」開展出來的概念。「仁」是內在的人文關懷，「義」則是外在的行為。「羞惡」作為「義」的開端，乍聽之下會有點難理解。事實上「羞惡」就是「羞恥心」的意思，人有羞恥心，因此在做了不該做

的事情時，會感到不安、愧疚。依循這個不安愧疚的感受，就可以反面得出什麼是該做的、必須做的，這是「義」的開始。

所謂「辭讓」，指的是人與人之間在利益、需求上有衝突時，懂得退讓，讓人與人之間得以和諧共處。這是人之所以開展出文明，訂立種種規範，維繫社會秩序的基礎。孟子說這是「禮」的開端，意味著人們能用「禮」維繫社會的和諧，是基於人性不會全盤自私、無限制地擴張自己的欲望、傾軋別人的需求。

凡事不會只想到自己，還會在乎別人的感受，才會在有衝突時選擇退讓，不會放任弱肉強食的情形隨意發生，這是「辭讓」之心之功。

至於「是非之心」，說起來會有點複雜。同前面談到善惡的問題一樣，「是」與「非」本身就難以找到絕對的標準來界定。這裡所說的是非之心，指的是人在行為的選擇上，會加入自己的價值判斷。人因為當下的種種考量選擇他的行為，但這些考量並不會在選擇結束之後就消失，反而會繼續左右人們如何看待這個已經作出的選擇。

人會去權衡事件的輕重、好壞，用種種價值觀加以評價，事後也會反省，從一次一次的選擇之中不斷學習，這就是「是非之心」的運作模式。思考每一件事情的價值，作為往後學習的基礎，這就是「智」。所以孟子說「是非之心」是「智」的開端。

純粹的善或純粹的惡

孟子確立了人的「善端」是與生俱來的，

性善說的理論基礎大致具備了。在這個基礎上，孟子簡單建構了一個理想世界的藍圖。

他說：「人之有是四端也，猶其有四體也。有是四端而自謂不能者，自賊者也；謂其君不能者，賊其君者也。」

「賊」是「戕害」的意思，整段話是說：人有四端就跟有四肢一樣，都是與生俱來的。因著這個前提，人若說自己不能為善，就是自我傷害、自甘墮落。若說國君無法為善，就是殘害國君。

這個說法對於國君的要求很強烈，依著孟子的理路，為人君者行「不忍人之政」是理想，也是責任。

後面孟子接著說，人的四端是要「擴而充之」的。如前面所說的，「端」只是一個端點，並不能保證人一定會行善，成為一個善人。人雖生而有善端，但如果沒有加以擴充，這樣是不夠、甚至是有害的。

孟子的「性善說」內容大致如此，他論性善，並未落在行為結果的層次上談，所以也沒有相對的好與壞的問題。

這裡的動機是先天純粹的善，不是行為上相對的善。

在孟子的學說中，談論人性的惡是少的、不透徹的。他談人為惡，只著重於談人沒有擴充善端，但人為什麼不擴充善端卻沒有細談。我不敢說孟子完全沒有意識到這個問題，但至少在他的學說之中，這一點沒有被妥善處理，這是肯定的。

時至今日，我們對於犯罪者的研究也越來越複雜，《孟子》的「性善說」還能不能站得住腳，確實值得討論。儘管這些前提不能驗

證，但除了談論人性之外，行為實踐上我們仍然可以由此建構出一套道德修養的方式。從人心的不忍、不安等情緒來談為善的可能，這是孟子非常重要的一個貢獻，不能忽視。

孟子以為人只有純粹的善念，沒有純粹的惡念。事實上，不只是孟子，在荀子這麼強調性惡的儒者那裡，人性的惡也是欲望擴張的結果，並非沒來由的純粹惡念。

但純粹的惡，和純粹的善一樣沒有理由，與生俱來，不因任何脈絡而生。

理解了孟子的性善，理解了人性必然的溫暖之後，也許談論「純粹的惡」是否存在於人性之中，我們又該如何面對，是下一個迫切需要處理的問題。明白一家學說的建樹與缺陷，才能確保我們繼續往前進。

第九課

濠梁之辯

莊子

毫無疑問的，他一定是外星人，才會常常說出那些超越語言極限的話。

作者

莊子　姓莊名周，戰國宋國蒙人，生卒年無法考證，一般推測跟孟子的時代差不多，據聞曾擔任過漆園吏（類似宮廷園丁的小官）。一般被視為道家的代表人物之一，許多人認為他是老子思想的繼承者，不過莊子本人是否直接繼承老子思想，本身就是個較難釐清的問題，這裡先不多作討論。本課暫時將兩人當成各自獨立的思想家，在理解上也比較不會有限制。

有人認為莊子其實是楚國貴族的後裔，因《莊子．秋水》裡面有記載一段故事，大意是說楚王派了兩個大夫請莊子出來當官，而莊子拒絕了楚王的請求，寧可當一個逍遙自在的老百姓，且說：

「吾聞楚有神龜，死已三千歲矣，王巾笥而藏之廟堂之上，此龜者，寧其死為留骨而貴乎？寧其生而曳尾於塗中乎？」

這段意思是說楚國有隻神龜，死了三千多年，被珍而重之地供奉在廟堂之上。那麼作為一隻龜，是希望能夠身死而被放在顯貴的廟堂之上呢？還是希望活著繼續在泥地裡打滾呢？

這裡的用意很明顯，莊子不願意當官，只願意在民間過著自在的日子。按照戰國楚地之習慣，楚王請莊子出來作官，故莊子很有可能與楚國的貴族有關係，這是部分學者推論莊子為楚人後裔的根據。

只不過，這段故事出自《莊子．秋水》，〈秋水〉屬於外篇，可能不是莊子本人所作，

所以這段故事的真偽也有待商榷。

《莊子》是一本複雜的書，內容分成「內篇」、「外篇」、「雜篇」三部分，過去在教材裡，一直是個很難處理的對象。《莊子》歷代注疏很多，版本已是一大問題。根據《史記》，《莊子》有十餘萬言，由漢到晉，《莊子》都是五十二篇。但今天看到的《莊子》只有三十三篇，七萬餘言，與《史記》的記載有很大的出入。

可以確定的是，《莊子》不全部是莊子本人寫的，有很大一部分出自他的後學，今天所見到的《莊子》一定經過刪減，刪減的幅度可能還不小。

影響今本《莊子》最大的當屬西晉的郭象，今天所見的三十三篇，是郭象作注時所編定的。所謂「內篇」等分法，也是由郭象所定，他選了七篇，視作莊子最核心的思想。郭象的作法有其合理依據，於是我們現在也認為「內篇」應出自莊子本人之手。

因此「外篇」中〈秋水〉所言之故事未必為真，但他提供的莊子形象，卻引出了許多值得討論的問題。

我認為在讀《莊子》的時候，有兩個既有的印象需要被打破，一個是莊子屬於「道家」代表人物；一個是道家不參與政治，喜歡隱逸。

先談第一個。「道家」這個概念是後人的分類，分類有方便的地方，當然也有缺點，若只用道家這個分類方式來看《莊子》，多多少少會限制了一些可能性。

提一個極端一點的例子。

歷史上認為莊子「繼承老子、反對孔子」

的說法，可能從司馬遷的《史記》開始。《史記》中說：

「（莊子）其學無所不闚，然其要本歸於老子之言……以詆訿孔子之徒，以明老子之術。」

這個形象對後世的認知影響頗大。儒家與道家互相攻擊、排斥，成為許多人心中的一種刻板印象。然而，歷史上其實存在著一種「莊子尊孔論」的說法。

歷代讀《莊子》、注解《莊子》的人，不只一個提出這樣的見解。這些人認為莊子其實不反對孔子，甚至可能是崇仰孔子的。《莊子》裡的語言很複雜，讀起來有很多詮釋的可能，許多詆訿的言詞，可能都不能直接用一般的閱讀習慣來解讀。

特別提出這個問題，是希望跳出傳統上「莊子是道家人物」的印象。要理解《莊子》的思想，還是回歸到經典本身最實際。如果一直依賴這種後人的分類方式來看他，可能會有所誤解。

再談第二點：不只是隱者哲學。《老子》中許多政治理念、治國方略，絕非勸人隱居、不問世事的思想，《莊子》也沒有非要人棄官歸隱。我們現在對於莊子的認知，很有可能來自後人的詮釋，可這樣的詮釋或許是有問題的。我認為至少要將人和書分開來看，會妥當許多。

談各家思想若能回到經典本身，本就比較踏實，也比較有意義。如果只是將他們的行為與精神簡化成某種人格形象，甚至當作一種信仰，對於經典本身的意涵卻不好好理解，這樣很容易就陷入盲目崇拜，非但無益，亦且危

險。

就經典本身來讀，就必須處理經典詮釋的問題，經典解讀最複雜也最有意義的工作就在這裡。

比如前面所提的郭象，是談《莊子》時不得不提到的重要人物，他對莊子的注解，影響了之後每一個讀《莊子》的人。《莊子》的語言奇詭，讀解上的可能性非常多，詮釋空間大。當然，理想上直接從《莊子》原文去理解莊子的原意，應是最妥善的作法，但這同時也是一件不可能的事。

我們能做的，就是不斷提醒自己，原文是怎麼說的，郭象或其他注解又是怎麼注的，然後思考這些注解，對於我們在讀解上到底有什麼幫助或限制。

我們讀經典，為的並不一定是理解作者的本意。這說起來很弔詭，但是問題就出在我們根本無法驗證怎麼樣的解讀，才能真正「符合」作者的原意。

這恐怕不只是時空限制的問題，即便作者自己親自解釋，也沒有辦法保證當初寫下這些文字時，確實就是這個意思。

我們更該在意的，是文字本身存在著的自我解釋，及其可被合理解讀的脈絡，文字本身的獨立性，即便是作者本人也無法任意破壞。更何況，在解讀古代經典時，我們不可能起作者於地下，親自對我們說明他所想表達的意思。

因此，如何妥善詮釋這些經典，才能符合這個時代的理解方式，甚至是進一步讓經典發揮最高的時代價值，是每一個時代的經典詮釋者，所應負起的責任。如《莊子》這樣的經

典，文字本身蘊含的力量，遠大於作者本人的人格典範影響，在詮釋經典時，格外需要謹慎面對。

題解

本篇選自《莊子．秋水》，〈秋水〉篇是「外篇」，可能不是莊周本人所寫。不過本來這一課就打算以「經典」本身為主，況且這一篇〈濠梁之辯〉眾人耳熟能詳，若能好好談談也不錯。

《莊子》可以選的篇章太多了，每一個篇章談論起來都是巨大工程。過往的課本都用節錄的，這當然是篇幅問題，不過我認為這樣其實沒有什麼不好。

《莊子》多數文章，都會由好幾個小寓言故事來組成，這些故事彼此之間可能有關聯，但獨立來看結構也很完整。

整篇讀的時候，各個故事彼此之間的關聯就顯得很重要，我們在理解時，可以先假設同一篇章裡面的故事有它的連貫性。

〈濠梁之辯〉節選自〈秋水〉篇，是全篇最後一個段落。

在這之前，〈秋水〉最主要的內容是河伯與北海若的對話。《莊子》將河與海擬人化，闡述世間萬物都有相對性。

所謂的小與大、寬與深等，都是相對的概念。所有觀念都有相對性，因而能進一步消解這些外在的、後天加上去的評價，泯除物與物之間的界線。這個概念談得最深的，當屬「內篇」的〈齊物論〉，這裡不多作討論，後面再提。

回到〈秋水〉篇，北海若說：「以道觀

之，物無貴賤；以物觀之，自貴而相賤，以俗觀之，貴賤不在己。」

這段話的意思是：就「道」來看待萬物的話，萬物本來是沒有貴賤的，但從萬物本身出發，則會認為自己較貴而其他事物較賤；以世俗的眼光來看，貴賤的評價全都不在自己本身。

所謂的「道」，可暫時理解為天地宇宙運行的道理。從「道」來觀看，意味著從事物的本然狀態來觀看事物，這個狀態是最原始的，沒有加入任何人為的標準，因此貴與賤這樣的概念根本不存在。

萬物「自貴而相賤」，意謂萬物以自身的觀點出發，將自己的特質作為評價標準，進而輕賤他者。這點出了大凡事物的貴與賤，要看評價的標準由那裡出發來決定。

後面說「以俗觀之」，這個「俗」指的是世俗，但沒有貶意。世俗的觀點集種種評價而成，這些評價會形成一個大的標準、大的框架，凡在這個範圍之內的，都會被安上各種評價，所以說「貴賤不在己」。

這樣的普遍價值一旦形成了，身在其中的事物都會有各自相應的位置，而沒有一個東西的價值是自己決定的。

〈秋水〉篇裡談的概念，大抵都是〈齊物論〉的衍伸，嚴格來說，其思想內涵的深刻性，比之〈齊物論〉實有不足，但〈秋水〉篇依然提供了許多實際應用上的想法，頗具參考價值。

比如本課所選〈濠梁之辯〉，即莊子與惠施的這段辯論，有很大一部分正是在處理「語言極限」的問題，這和〈秋水〉篇前面的寓言

有著密切的關係。

此處稍作說明。

首先，上面的例子至少區分了兩層概念。第一是事物的本質，第二是後天的評價；一個是「以道觀之」的結果，一個是「以俗觀之」的結果。

進一步說，這些評價最終都必須透過「語言」來表達，事實上，只要是經過語言來表示的概念，本身都已受到了語言的限制。

語言本身是有極限的，他沒辦法百分之百轉述任何一件事、重現任何一個時空。當然，語言的偉大之處也在這裡。我們使用語言時，倚靠的不只表面的「語言」，還包含了接收者腦中即將發生的部分。

這意思是說，當我說出一句話時，我可以省略許多部分，因為對方在合理的情況下，會自行去理解這些。語言的溝通交流不可能面面俱到、鉅細靡遺，而且實際上也不需要做到這個程度。

《莊子》對於語言的態度也是很耐人尋味的。

《莊子．外物》就有提到「筌者所以在魚，得魚而忘筌」，「魚」在這裡比喻的是內容、目的，「筌」是裝魚的簍子，是工具。

這個比喻是說，語言只是承載意思的工具，一旦掌握了要表達的意思，語言就應該被忘卻。作為工具的語言，不該反過來傷害真正的目的、含意，否則人與人的溝通都將拘泥在字句上，如此則本末倒置，並沒有好處。

這裡需要注意的是，將語言視為一種工具，並不是否定語言的價值，或者說，在《莊子》的思想體系裡，沒有什麼價值應該是要被

絕對否定的。語言作為一個工具，他當然有很重要的功能，「魚」和「筌」有先後被重視的次序關係，但絕對不能有貴賤之分。

《莊子》對於語言作為工具的概念大致如此，這讓他的語言在解讀上變得非常豐富。《莊子》一書中有許多離奇的語言，但不是一味追求語言的奇詭難測、豐富多變而已。

〈秋水〉篇探討事物的外在評價有其相對性，這說穿了仍是語言的使用問題。把所有問題都歸給「語言」，或許有些粗糙，但我們在處理各個概念、評價的時候，確實無法避免語言的複雜性所帶來的種種限制。是以，一句話、一個評價的解讀，發出者跟接收者要在什麼樣的默契上達成共識，才能讓溝通在某個情況下成為可能，則是〈濠梁之辯〉主要要處理的問題。

課文

莊子與惠子遊於濠梁之上。

莊子曰：「儵魚出遊從容，是魚樂也。」

惠子曰：「子非魚，安知魚之樂？」

莊子曰：「子非我，安知我不知魚之樂？」

惠子曰：「我非子，固不知子矣；子固非魚也，子之不知魚之樂，全矣。」

莊子曰：「請循其本：子曰『汝安知魚樂』云者，既已知吾知之而問我，我知之濠上也。」

賞析

誰贏了？

一直到今天，我始終認為這場辯論不是平分秋色的比賽，更不是各自立場不同的表述，而是莊子徹底擊敗惠施的一場辯論。

先不看內容，就常理來推斷，《莊子》會收錄此篇，最後更結束在莊子的話，莊子在這場辯論中本就沒有任何理由處於劣勢。

過去有許多人認為，惠施在這裡代表的是名家的邏輯思維，而莊子則是道家的代表，惠施理解事物靠的是理性，莊子則擅長用感性來體會萬物。這個解釋沒有什麼太大的問題，但就是搔不到癢處，根本沒處理莊子與惠施在這段話之中激烈的攻防，更沒辦法理解莊子在這場辯論中，是如何巧妙的請君入甕，讓惠施敗得一塌糊塗。

我們就單從文本來看。首先，惠施犯的第一個錯誤，在於他聽到莊子說「儵魚出遊從容，是魚樂也」的時候，就追問「子非魚，安知魚之樂」。當然，這時候這句話還沒有產生問題，但已為後面的失敗埋下種子。

莊子回應惠施的第二句話非常關鍵，他說「子非我，安知我不知魚之樂」，這句話其實是一個陷阱。

如果惠施在這個時候，指出莊子不知魚之樂，是人與魚之間本不能互相知曉的問題，又或者指出「魚樂」本身就是一個無法驗證的

問題，那麼這場辯論鹿死誰手，還沒辦法下定論。

但問題就在於，惠施回答了：「我非子，固不知子矣；子固非魚也，子之不知魚之樂，全矣。」其中「我非子，故不知子矣」就產生了問題。

惠施此處是順著莊子的問話邏輯來的，莊子設計了一個問題，要惠施回答，就是上一句的「子非我，安知我不知魚之樂」。

這句話是想讓惠施親口確定一件事，那就是在個體之間並不能夠相「知」的問題。依照惠施的邏輯，我既然不是你，你也不是魚，「我、你、魚」三者都是獨立的個體，彼此心裡在想什麼本就沒辦法互相知曉。

問題在於，莊子就在等這個論述由惠施親自完整的說出來，所以才再次用問句來確認這件事，確認惠施說「子非魚，安知魚之樂」的時候，所依據的理由就是個體之間不能互相知曉對方心思這件事。

一旦這個論述確定，莊子就贏了。

果然，惠施跳進莊子的陷阱，回答了「我非子，固不知子矣；子固非魚也，子之不知魚之樂，全矣」，也就是將「你、我、魚」各自區分開來，成為互不相知的情況。

最後莊子回答道：「請循其本：子曰『汝安知魚樂』云者，既已知吾知之而問我，我知之濠上也。」這邊就是要惠施回到對話的最初，面對一個最根本的問題。

假如依照惠施的邏輯，個體之間無論如何都會因為差異而無法互相理解的話，那莊子說魚很快樂時，惠施又是怎麼理解莊子的呢？他怎麼能保證他理解的意思就是正確的呢？

惠施又不是莊子，依據他的邏輯，那無論莊子說了什麼話，都無法讓惠施真正了解莊子的不是嗎？所以莊子說「子曰『汝安知魚樂』云者，既已知吾知之而問我」，意思是一開始，當惠施說出「子非魚，安知魚之樂」這句話時，就已經接受了莊子給出的第一個訊息。

「既已知吾知之」的第一個「知」，是了解的意思，「吾知之」是「莊子知道魚很快樂」這件事，或更精確點說，是「莊子認為自己知道魚很快樂，因而說出魚很快樂的話」。而依據惠施後面的邏輯，因他不是莊子，他是不可能知道的。

莊子讓惠施在幾句話之內就掉入自己的矛盾，所以這場辯論，莊子確實紮紮實實地贏了。只不過，這場辯論開啟的討論，當然不只是誰輸誰贏而已。

人與人之間永遠的距離

卡謬的《異鄉人》是一本我很喜歡的小說。它的故事很短，描述一個因故犯下槍擊案的人的心理過程。在審判期間，周遭的人不停對主角的行為加以揣測，甚至有人以他在母親葬禮上展現的冷漠態度，認定他是個冷酷無情的殺人犯。

小說裡面主角的自白，展現了他人對自己行為解釋的荒謬。這些荒謬來自於評論他的人，根本不了解他，甚至與他僅有一面之緣。但是，這些人卻能在法庭上振振有詞、指證歷歷，細數一切宛如親見。

這個社會上這類的事情一直在發生。我們每個人，或多或少都曾經僅憑幾個片面資訊，

就去論斷他人的行為。然而，當我們不去深入理解就開始評論，通常是很危險的。

這裡必須進一步追問的是，如果要了解才能評論，但實際上又沒有一個人能真正了解另一個人，那人與人之間的溝通究竟如何可能？

這不就是惠施質問莊子的問題嗎？

「子非魚，安知魚之樂？」

「子非我，安知我不知魚之樂？」

當惠施順著莊子的話講下去時，他已經承認了他與莊子之間的對話是成立的。如前所述，這是一個莊子設的陷阱，而他的好朋友惠施，是一深諳各種詭辯邏輯的大名家人物，一時不察，竟掉到了這個陷阱裡。

撇開惠施的論述不談，莊子此處引出的另一個問題，我猜可能是這樣的：

人與人之間（甚至有情萬物之間），有一個很寶貴的能力，能讓彼此同情共感，對於對方釋放出的訊息，無論是肢體、表情或言語，我們能夠加以解讀，都建立在這種能力上。

在日常生活中，這種能力幾乎是隱形的，它藏在每一句簡單的對話、交換基本訊息的溝通過程之中。惠施聽到莊子說魚很快樂，他就無條件接受了這個訊息，他根本不會去懷疑，更不會因為「他不是莊子」，就認為自己不能確定莊子是否真的要表達「魚很快樂」這個意思。

回過頭來，了不了解對方的脈絡，固然會影響到我們分析對方行為的準確度，但更重要的是，我們有沒有真正去感受對方所感受到的一切。

過去我們常常說要站在對方的角度想，但要真正做到這一點，光是情境上的假設是絕對

不夠的。我們必須要去「感受」，必須要脫去自己所有的成見，但這非常困難。

莊子的哲學很玄妙，其中有一個很重要的部分，就是希望我們不要一直帶著既有的眼光去看待萬事萬物。更糟糕的是，當我們因為種種社會地位，認為自己的知識、思維或者歷練高於對方的時候，就更有可能自大地去論斷對方的一切。

我們以為自己比對方聰明、成熟，就會產生傲慢，就會妄自去評斷他人的價值。而很多時候，被評斷的人是沒有被真正了解的。當我們只顧著站在自己的角度去評斷人時，人與人之間那種可貴的同情共感就消失了。

即便口口聲聲說這是為對方好，但那份善意卻可能會成為一種傷害或壓力，更何況通常，評斷的人往往不帶有善意。

在與任何人溝通的時候，有沒有真正理解對方的感受、真正脫去自己的成見、真正願意去傾聽和信任對方，這非常重要。

莊子沒有分析那條魚的行為，他只是在「感受」那條魚的快樂。若要談莊子的生命情懷，我想這就是莊子此處展現的高度。

知的極限問題

關於本文中的「知」，有幾個問題可以再進一步談。

《莊子．養生主》就提到過：「吾生也有涯，而知也無涯，以有涯隨無涯，殆已。」

這整段話的意思，就字面上看，至少告訴了我們，以有限的生命追逐無限的「知」，這是無意義的，是不可能的，是徒勞的。

重點就在於，到底什麼是「知」？

這裡的「知」和〈濠梁之辯〉裡的「知」是不一樣的，這裡的「知」是名詞，〈濠梁之辯〉裡的「知」是動詞。

然而，即便詞性不同、表達的意思不同，但就「知」這件事本身而言，說的仍是同一件事。〈濠梁之辯〉裡的「知」，說穿了仍是自己認為自己知道了，是自己對事物的「認知」，而非真正的理解。

再談談所謂的知識吧。

人類是有思考能力的動物，我們在讀解這個世界的時候，會得出很多暫時性的結論。於是我們讀解、歸納、整理，然後透過語言、文字或其他媒介，再把這些傳遞給其他人，整個知識體系就這樣慢慢被建構出來了。

我們獲取的知識，也是前人們讀解這個世界的種種心得，是他們認知這個世界的種種方法和痕跡。

那什麼才是真正屬於我們的呢？

很多時候自己沒有想過一遍之前，這些東西沒有被消化，便不算是自己所擁有的。「生也有涯，知也無涯」，我們一輩子都在追求別人認識的世界、別人解讀世界的心得，自己並不會真正擁有這些。

我們以為擁有了很多知識，但是實際上並不那麼了解它。如果我們沒有發現這一點，就拿沒消化過的知識開始生活，那可能就會有問題。

當我們用這些一知半解、知其然不知其所以然的知識，作為一種價值觀，拿去要求別人，這就很危險了。

但是，恐怕只認識到這一層還是不夠的。

人最怕的不是不思考，是以為自己有思考。明明思考得很不周延、不透徹，卻認為已經面面俱到。

過去我們的教育很喜歡以「自己的未來」作為理由，甚至是要脅，讓學生去做這個做那個，卻不讓學生思考這些東西的價值是什麼。這讓大眾養成一個習慣，喜歡把「自己」放在思考順位上的最前面，並用這個方式來處理多數的問題。

當我們接觸到一個新的價值觀，最先檢驗其是否合理的標準，通常就是自己的生活經驗——這就是問題。

我們沒有想到其他人的處境，沒有想到真實狀況的複雜。只顧著想，卻忘了聽，忘了替別人想。

「知」可以是未消化的記憶性知識，可以是稍微消化過的、一知半解的認知，也可以是確實思考過並且認可的價值。

但是，我們不能夠輕易把任何學習到的「知」——這些透過語言來表達的、形式化的觀念——當作世界永恆不變的真理。

不要一直覺得已經了解這個世界。自己覺得沒問題了，別人似乎也應該如此。因此，很多壓迫、歧視、不平等，就這樣被製造出來了。

我們只是不斷建構一個自己想像出來的世界，想像它應有的樣子，但未必真的了解。

或者說，我們永遠沒辦法透過自己的認知，百分之百了解這個世界，能做的只有持續的傾聽、學習。

但很多人誤會了，以為自己學會了很多，見多識廣，以為這個世界的道理不過如此。那

他就陷入了「知」的泥淖，與世界真實的樣子越來越遠。

這樣的情況所在多有，但人們往往因為自己豐富的「知」而沾沾自喜，卻在無意間丟失了、破壞了許多本該擁有的溫暖與美好。

比起辯論，也許〈濠梁之辯〉在一開始要提醒的，也關乎到我們是怎麼去面對這個世界的問題。

我們讀解世界，並化為知識，然後再讀解世界。但是不是先不要去讀解、分析，只是感受一下世界就好了呢？有時候我們不需要知道那麼多。

「鯈魚出遊從容，是魚樂也」，此外無他。

第十課

舞雩歸詠

孔子

周遊列國的潮男。行李箱上貼滿各種航空貼條，挑戰史上行程最趕的旅行。

作者

這一課的作者不是孔子

這一點非常重要。

過去的教材上寫得很清楚，《論語》是孔子的弟子及再傳弟子編纂的，孔子本人並沒有參與。在一開始特別強調這一點，是因為這與孔子的理念與精神有很重要的關係。

《論語．述而》：「子曰：『述而不作，信而好古，竊比我於老彭。』」

老彭是殷商時代的賢大夫，也有傳說是道家的始祖彭祖，或是老聃與彭祖之合稱。孔子將自己比作古代的賢人，是因為自己「述而不作，信而好古」。

「述而不作」，是指只轉述、闡釋，並不自己從事創作、創造。「信而好古」的「信」，如果只解釋為信任，會有點難理解孔子對於「古」的態度。這邊的「古」應是指古代的文物、制度，「好古」是一種對舊時代秩序的嚮往。從這個角度來理解，這裡的「信」有篤信、虔敬的意思，這是孔子的態度。

孔子的「好古」並非一廂情願，不是純粹想像了一個過往的美好時代，事實上，孔子面臨的是更複雜的時代問題。

孔子所處的春秋末年，是一個「禮崩樂壞」的時代。這裡必須要特別澄清的是，所謂的「禮崩樂壞」，與一般庶民階層的關係並沒有那麼大。

東周時期，天子的地位大不如前。舊時代

的秩序正在崩解、重組，原本掌握知識與話語權的貴族，也不再如過去擁有絕對的權力與地位。

周王朝的秩序來自於以血緣關係建立的宗法制度，「禮樂制度」就是用以維繫宗法制度所設立的規矩。貴族依循宗法制度，將爵位傳給嫡長子，其他庶子則降一個階級。由天子而諸侯、卿大夫以及最後的「士」階層。如此無限分封下去的結果，「士」的數量越來越龐大，但分配到的資源卻越來越少。

是以，「士」這個身分十分特殊，它介於庶民與貴族之間，握有貴族才能擁有的知識，卻不一定過著富裕的生活，有些甚至很貧困。

孔子的身分就是「士」。而「士」階層的全面崛起，是這個時期極重要的現象。

這裡我想先釐清一件事。過往我們很喜歡把孔子當成教育的楷模，稱他為至聖先師，時至今日，仍會視「有教無類」、「因材施教」為極重要的教育精神。

然而，《論語》對於「有教無類」的記載其實是沒有上下文的，我們很難單就字面上去確切推斷出這四個字背後展現出什麼樣的教育理念。就整個春秋時期的社會狀況來看，「有教無類」和今天的人人有受教權的情況仍有很大的一段距離。

許多人認為孔子是偉大的教育家，是將貴族才能擁有的知識帶入民間的第一人，是平民教育的開創者。這個認知是有一點問題的。

孔子本身是沒落貴族，他傳授學生的知識，是所謂的「六藝」，也就是「禮、樂、射、御、書、數」。如「六藝」這類知識，其實是專門教給貴族的，它們與人民的生活沒有

太直接的關係。

孔子的教育，是要將學生培養成一個夠格的「士」，士是有社會責任的，是要參與政治的，這和今天的多元教育有著根本的區別。

當然，孔子弟子眾多，其中確實也有出自平民階層者，但比例沒有那麼高。會來與孔子學習的學生，多多少少都與貴族有關。

比如最有名的學生顏淵，雖然他極度窮困，過著「一簞食，一瓢飲，在陋巷」的生活，但顏淵本身也是個沒落貴族。在那個時代，只有貴族有所謂的「姓氏」，而顏姓就是魯國的貴族大姓之一。

孔子那個時代，未必有如今日的課堂、講臺，也不盡然都是單方面的知識講授。《論語》記載的多是孔子與學生談論人生志向的篇章，所關心的問題與政治、社會都脫不了關係，這也是那個時代的「士」階層的責任與使命。

《論語》記載孔子說過的話，幾乎都是隨機發生的，乍看之下沒有嚴謹的系統編排。

或者說，我們所需要的道理，往往不能用嚴謹的組織架構來承載。透過這樣的語錄體，一切的可能也在這一問一答之中不斷發生。

回頭談談「述而不作」這個概念。這其實很值得深思，作為一個中國思想的開端思想家，幾乎可說是所有文化脈絡源頭的孔子，自己本身卻沒有留下任何獨立的著作。

那似乎是在說，這個世間本有一套運行的規則、道理，作為一個努力於文化實踐的人，最重要的責任不是去開創什麼偉大的學說，成就自己崇高的地位，而是作這個浩瀚世界的翻譯官，想辦法去轉述這世間本有的道理。

撇開那些過於偉大和崇高的理想、複雜的政治、階級問題，我們只看孔子和學生的對話，看那些關於人生的思索，也許會更明白這個「述而不作」的意義。

我不能硬將這些道理條列化、組織化，因為最重要的往往不是這些人實際作了什麼，而是他們基於什麼樣的立場、理由，去作出這樣的選擇。

真正該在意的不是這些行為符合了什麼樣的規矩，而是這些規矩之中的行為，是根基於什麼樣的原則。

我們知道孔子的中心思想是「仁」。「仁」的解釋歷來眾說紛紜，但不外乎就是一種人文關懷，關心人與人之間的互動，關心人的內在情感與外在道德規範如何調和，最後，關心個人在社會國家，乃至天地宇宙間，該以什麼樣的姿態存在。

撇開了這些根源價值不談，孔子思想的真精神就很難展現。

孔子之所以被尊為聖人，是因為在那個時代，這樣的人文思想有絕對的指標性，有積極的時代意義。

是以，當學生能深深明白老師的志向，也看到了老師心中那個理想的世界，這群有志於天下家國的「士」們，終於漸漸活成了一種前仆後繼、永不放棄的形象。

那年倉皇離開魯國，學生們也跟著他，一車兩馬，浪跡天涯。孔子不是什麼至聖先師，不該被搞成個銅像站在校門口春風化雨，他有的就是一群相信他、相信未來、相信夢想的傻學生，和一個永遠年輕的傻腦袋而已。

天地如此遼闊，一個老師能做的、該做

的，也只是把學生帶到一個足以眺望遠方的位置，然後跟他說，就是這裡了。孔子展現出來的偉大從來不在他親手完成了什麼，而是他親自走過了什麼。

述而不作，是以從來沒有功勞，沒有建樹，依傍著天地而來，最後再靜靜回歸塵土。

靜靜聽著，細細說著，那些關於天地間的一切，也不過如此。

每一個偉大的身影，都是一步一腳，緩緩去走出來的。

「登東山而小魯，登太山而小天下。」

而那個登山的人，早已不在這些大大小小之中，只是山的一部分、時間的一部分，天地的一部分。

題解

這篇是最後一課，最後一課回到孔子，不是什麼太了不起的安排，只是當初覺得理該如此。一直到完成所有稿篇，這個主意仍然沒有改變。

《論語》可以選的篇章很多，但我沒有花多少時間猶豫，就直接選了這一篇。這一篇是傳統課文中很常見的〈舞雩歸詠〉，記錄孔子與群弟子的對話，出自《論語》第十一章〈先進〉篇。

從歷史的角度來看，《論語》記載的孔子，絕對與真實的孔子有距離。這本書是孔門弟子編的，在編纂時自然會有取捨，選擇好的、有價值的一面記錄下來；我們可以說，《論語》記錄的不是真實的孔子，而比較像是孔門弟子眼中的孔子。

本來，這樣透過一群人記憶中的話語去拼湊一個人的形象，難免有著距離，有著過度美化的嫌疑。然而，《論語》所呈現出來的孔子卻沒有被神聖化、權威化，反而是個好學、好古，也曾遭遇種種磨難挫折，也曾擔憂、徬徨的平凡人。

或許，這些正是孔子所追求的理想人格型態，因此，《論語》是否記載了最符合歷史真實的孔子，這個永遠沒有答案的問題，不會是我們最終要探討的重點。

我們要關心的，是孔子展現在弟子面前的樣子，是孔子期許人應該成為的樣子，是孔子自己努力成為的那個樣子，究竟該怎麼一步一

步被實踐。我們要關心的，是孔子心中的理想世界裡，人與人之間應該存在著怎麼樣的互動關係，而這些理想，不該只是規範式的指導原則，這也是孔子深深反對的。他曾說：「人而不仁，如禮何？人而不仁，如樂何？」意味著如果我們丟失了「仁」的本質，沒有那種發自內心的人文關懷，那麼禮樂再怎麼被實踐、依循，畢竟也是徒然，是本末倒置的。

孔子希望安頓的一切，最終仍直指人們的內心。

所以我特別選了〈先進〉這一篇，談談這件事。

〈舞雩歸詠〉是〈先進〉篇的最後一則，也是《論語》裡罕見的長篇。〈先進〉篇記錄的多數是孔子與弟子的對話，或對弟子的評論。

有研究者指出《論語》的編纂有某種內部規則，以開頭二字為篇名的二十篇中，由〈學而〉第一到〈堯曰〉第二十，符合了某種順序，體現了一個儒者由學習到具體實踐的過程。這個說法我大致同意，也認為從這個角度去看《論語》，會得到許多更有意思的詮釋空間與根據。

〈先進〉篇就內容來看，就是記錄孔子弟子的篇章。裡面出現的幾個弟子都是大家耳熟能詳的，諸如顏淵、子路、子貢等。這些弟子多數在《論語》中都有不少次的記錄，唯獨本篇出現的「曾點」，全本《論語》未見其他記載。

曾點就是曾參的父親，曾參即是曾子，是孔門非常重要的傳人。曾點是孔子早期的弟子，雖然《論語》裡面沒有太多關於曾點其人

的記載，但我們仍可在《孔子家語》、《呂氏春秋》等材料中得知他的一些生平。

〈先進〉篇的這一則記載，雖然是曾點唯一出現的一次，但他的話語中留下的訊息卻至關重要。這邊先來說說曾點在歷史上的影響。

在「牡丹亭之驚夢」這一課中，曾提及湯顯祖的老師，泰州學派的代表人物羅近溪，就非常重視所謂的「曾點傳統」。

由於這一類型的儒者，在人格的審美傾向上或是問學的主張上，追求的境界與情懷，可以上溯《論語》中的顏淵、曾點，其中曾點這一則又特別具代表性，所以論者也就將這樣的主張稱為「曾點傳統」。

所謂的「曾點傳統」，主張人應重視一種自然的情趣，在羅近溪講來就是所謂的「樂學」。明代的學者陳白沙，一般被視為心學思想的先驅，也是所謂「曾點傳統」的代表人物。

曾點在孔子問學生人生志向之時，回答：「莫春者，春服既成。冠者五六人，童子六七人，浴乎沂，風乎舞雩，詠而歸。」這中間展現出的生命情懷，正是一種自然的追求。「自然」指的是事物之本然、人性之本然，是不造作、不勉強，作假不得的。

羅近溪講「樂學」精神，特別能夠呼應曾點的生命態度，他說：「所謂樂者，竊意只是個快活也。」這是後代儒者的體悟，是經過許多反省、辯證之後，所得出來一個簡單、純粹的道理。

而且，這個道理不複雜、不難解，反而是再簡單不過。

世人求三餐溫飽、俗者求功名利祿、英雄

要裂土封疆、士人圖經世濟民。然而，這些追求背後的意義究竟是什麼，又有幾個人真正回頭想過。

那些儒者注解著經典、咀嚼著聖人的話語，問學、思索，為的又是什麼。

當然，這裡把天下國家、把社會責任當成最終目標，絕對是一個很適切的答案，也很讓人安心。但問題就在於，當我們努力去追求現世安穩，希望透過努力去迎來的理想世界，到底該是什麼樣子。而這個理想世界之所以會是某個樣子，又是依據什麼標準而來。

我不能保證在這一則《論語》中，是否因曾點嘗試描繪了理想世界的一景，以至於觸動孔子最深的心事而深深慨歎。曾點所勾勒的那幅圖畫，可以是一個儒者畢生追尋的終點，卻也可以是極普通的日常。

那似乎是在提醒我們，追求更好的生活所該具備的條件，早已備妥在我們身上，苦苦咬著牙、拚了命往前走，卻可能丟失了本來就擁有的那些。

或許比起其他篇章談的人性、政治，這一則對話未必有那麼多人重視，但它被放在〈先進〉篇的最末，似有其用意。

〈先進〉篇由如此多孔子與弟子的對話集成，最後由曾點來收尾，《論語》的編纂者，是否又想透過這樣的安排來告訴我們什麼？

我不能給出正確答案，也不想就此論斷。這篇是整部《論語》之中我最喜愛的一篇，選作整本課本的最後一課，有其意義，卻也是興之所致。

課文

子路、曾皙、冉有、公西華侍坐。

子曰：「以吾一日長乎爾，毋吾以也。居則曰：『不吾知也！』如或知爾，則何以哉？」子路率爾而對曰：「千乘之國，攝乎大國之間，加之以師旅，因之以饑饉；由也為之，比及三年，可使有勇，且知方也。」夫子哂之。

「求，爾何如？」對曰：「方六七十，如五六十，求也為之，比及三年，可使足民。如其禮樂，以俟君子。」「赤，爾何如？」對曰：「非曰能之，願學焉。宗廟之事，如會同，端章甫，願為小相焉。」

「點，爾何如？」鼓瑟希，鏗爾，舍瑟而作。對曰：「異乎三子者之撰。」子曰：「何傷乎？亦

各言其志也。」曰：「莫春者，春服既成。冠者五六人，童子六七人，浴乎沂，風乎舞雩，詠而歸。」夫子喟然歎曰：「吾與點也。」

三子者出，曾皙後。曾皙曰：「夫三子者之言何如？」子曰：「亦各言其志也已矣。」曰：「夫子何哂由也？」曰：「為國以禮，其言不讓，是故哂之。」「唯求則非邦也與？」「安見方六七十如五六十而非邦也者？」「唯赤則非邦也與？」「宗廟會同，非諸侯而何？赤也為之小，孰能為之大？」

賞析

孔子的教學態度

在《論語》中這樣的情形是很常見的。一群弟子侍坐，老師抛下一個問題，學生回答。這反映出孔子在教學上重視的，不只是單方面的知識講授，或者說，《論語》的編纂者更在意這些半隨機式發生的對話。

在《論語》的〈述而〉篇中，孔子曾言：「不憤不啟，不悱不發，舉一隅不以三隅反，則不復也。」

「憤」指「心求通而不得」、「悱」指「口欲言而未能」。這兩個狀況的共通點，在於「求通」、「欲言」，都表現了人的主動性。當人主動想去求知、求通、欲言，而遭遇到瓶頸時，老師才會去啟發他們。

表面上是說學生懂得主動學習，老師才會與以啟發，實際上也是指出若學生不能自覺地去求知求學，那麼所有的啟發也就無從著力。這是雙向的，而非單方面可以決定的。

「舉一隅不以三隅反」，就是俗稱的不能「舉一反三」。這邊的「隅」是角落的意思，以斗室四個角落為喻，老師舉出其中一角，是希望學生依著這個脈絡去推導出其他三個角。

老師說了一個道理，學生若只是單方面接受，就無法明白這些道理背後依循的原則與價值，是怎麼被建構出來的。

孔子說，學生不能舉一反三，「則不復

也」，意思是他不會再重複去教導學生。這看似是一種放棄，或者是種「不言之教」。然而，這裡仍和前面所說的一樣，不只是老師故意「不復」，而是這種情況下，反覆教導並沒有太大的意義。

從這裡可以看出孔子的教學不是一種簡單的知識授受，他需要的是學生能確切掌握、運用所學。這些教學的內容，顯然不只是知識性或技藝性的，並不能透過單純的反覆練習來熟稔。

若未經過思索、沒有自覺、自動、自發去了解其內涵，即使老師反覆再三教導，也沒有太大的意義。

以吾一日長乎爾

明白了上述態度，也許比較能掌握孔子在本篇設問的意義。

這邊說：「以吾一日長乎爾，毋吾以也。居則曰：『不吾知也！』如或知爾，則何以哉？」

「以吾一日長乎爾」是說因為我比你們年紀大，「毋吾以也」的意思是不要因為我「長乎爾」而有所約束，不敢說出心裡真實的想法。

這裡可以提出的問題是：為什麼學生因為孔子年紀比較大，就有可能感到難言，不敢說出自己的真心話呢？

這道出了一個社會上常見的情況。很多時候「年紀」往往是話語權的標準。年紀比較長的、生活經驗比較豐富的，似乎就能作出比較正確的判斷，提出比較好的見解，因此說話比較有分量。

但這個認知必然是有問題。不是說「生活經驗」、「社會經驗」不重要，而是不能夠作為價值的「唯一」判斷標準。這中間的道理並不難懂，但實際運作起來，卻很有可能被大家忽略。

這不只是年長者的問題，年紀較輕者，也可能在無形之中受到這個價值觀的限制。確實，在很多時候經驗與年紀高度相關，豐富的經驗也能讓人具備良好的應對進退能力，但這並不絕對。

不把這層限制拿掉，學生難以表達真正的想法。

孔子後面給了一個假設情況：「居則曰：『不吾知也！』如或知爾，則何以哉？」

「不吾知也」就是「不知吾也」，也就是不了解我的意思。「如或知爾，則何以哉」，意思就是如果人們了解你的話，你又想怎麼做呢？

當這些學生不再受到年齡、社會經驗的限制，排除掉人們不了解自己的情況下，那就純粹是一個自我期許的問題了。自己的能力被了解、肯定了，有了一個可以盡情發揮的舞臺，那大家又會做些什麼呢？

在這個假想的舞臺上，這些弟子打算如何展演，是接下來的重點。

子路的舞臺

子路提出的是一個很重要的問題。

治理一個被大國夾在中間，飽受各種壓迫的小國，並不是件容易的事。

子路給出的方針是使人民「有勇」且「知

方」。「方」是規矩、法度的意思。但這裡說的是讓人民「知方」，既然是「知」，就不是由國家權威制定一個讓人民服從的標準，而是設法讓人民「自己知道」法度分寸。

有的解釋說「方」是「道義」的意思，這也是一個好的解釋，直接說明了「方」不只是一個規矩，更是一個可以被認知、學習的價值觀。讓人民「有勇」、「知方」，會讓這個國家有穩定的秩序與凝聚力，這對國際上相對弱勢的小國，是很重要的素質。

人民如果軟弱，小國在國際上更沒有什麼談判籌碼，只有一直被剝削欺壓的份。人民有勇，那侵略這個國家時就必須付出較大的代價，大國在面對這個小國時，自然也就不敢予取予求，這都是環環相扣的問題。

但光有「勇」是不夠的。所以子路又說人民需要「知方」，單單就這一點，已可清楚看出在孔子的教育下，子路的政治理想已有很濃的儒家色彩了。若只是一味要求「勇」，那就是一種接近軍國主義的作法，不符合孔子的政治理念。

孔子聽完子路的答案之後「哂之」，笑了一下。這個安排有意思，後來曾點也對此提出疑問。

當時孔子答道：「為國以禮，其言不讓，是故哂之。」意思是說治理國家首重「禮」，而子路在說這些話之時不知謙讓，所以孔子覺得好笑。

值得注意的是，孔子此處發笑，不代表他反對子路的作法。事實上，在子路的這段話之中，直接提及了預期的結果，卻未提實際操作的方式為何。所以子路此處的「不讓」，牽涉

到的不只是態度問題，更重要的是子路並沒有提及這個願景在實踐過程中可能遇到的困難。

子路有沒有辦法如他所說的治理這樣的小國，我們無從驗證，但單就子路一開始拋出的答案而言，話中的自信確實大過實際作為，所謂的「不讓」，應當是就此而言。

孔子認為治理國家應該以「禮」為本，這是一個概括性的說法。「禮」涉及的不只是制度面，還包含精神內涵。儒家期待上位者行仁政，因此身為假想之中的國家治理者，子路的態度，自然是治國成敗的關鍵。

「夫子哂之」自有其用意，倒不只是對學生的草率莽撞一笑置之而已。

狂與狷

《論語．子路》：「子曰：『不得中行而與之，必也狂狷乎！狂者進取，狷者有所不為也。』」

「狂」與「狷」這兩種典型在後代的儒學思想發展中影響甚深。

「狂者進取」、「狷者有所不為」都有著各自的優點，卻也有各自的問題。與其說是兩種極端，不如說是一個光譜，人在性格上可能會偏向「狂」或「狷」的某一方，程度則不一定。

後面的冉求、公西赤相對子路，給的答案保守很多。這裡若將子路與冉求、公西赤放在光譜的兩側，而說子路呈現狂者的進取自信，冉有和公西赤則是較為保守的狷者，似乎也無

不可。

孔子對這兩種態度其實都未給予否定，包含前面的「哂之」，那也不代表孔子反對子路這樣說或這樣做。

《論語》記載中，少見孔子空泛地肯定或否定一個行為。這些正反評價會隨著情況而異。很多時候，正面肯定一個行為，也會扼殺了其他可能性，這和輕易否定某行為的價值一樣草率。

此處孔子笑子路，但沒有立刻提出指點，反映了孔子給予學生的表現空間。

曾點的狂與從容

前面談到「狂」與「狷」，後人也有很多說曾點是「狂」者，但比之子路，曾點此處展現的既非「進取」的人生態度，究竟又「狂」在什麼地方？

「狂」或「狷」確實都有不足，但這畢竟是依循自己的原則行事，是有主見、有自覺的。狂者的「進取」，往往來自於內心對自我價值的肯定，所以狂者常常會展現熱情的、灑脫的一面，愛好人性之自然。曾點的「狂」不同於子路，此處的境界上又略高一籌。

曾點很清楚自己的志向和其他三人不同。事實上，曾點的回答根本不在孔子問話的脈絡裡。孔子給定的是一個假想的舞臺，是一個「如或知爾」的自由發揮空間，但曾點卻給了另一幅圖畫。

從曾點開始回答之前的動作，就可以看出《論語》的編纂者是有意在捕捉這些細膩的畫面。

「鼓瑟希，鏗爾，舍瑟而作」的「希」是鼓瑟的聲音稀落漸小，「鏗」是終曲時所發出的聲響。孔子問曾點時，曾點在鼓瑟。這裡如果馬上回答，顯不出曾點的從容。

這整則記載裡面，「瑟」並無存在的必要性，記載者卻特意提及，我們很難忽略它的意義。

有聽音樂或彈奏音樂經驗的人，應能了解在樂曲完整結束前，因為外力中斷，多少會造成聽覺上的不適感。曾點鼓瑟，不純粹是為眾人演奏，對他來說，這自成一個音樂世界。

孔子一問，曾點接收到外界的訊息，他便慢慢減弱琴聲，讓方才彈奏的樂曲有個暫時的結尾，而非嘎然而止。

這樣的處理方式，讓人感受到的是種從容。而「從容」與曾點後面要談的志向大有關係。

若要給「從容」下一個注腳，我覺得最重要的就是「有自己的步調」。能夠依照自己習慣的節奏來行事，不因外界種種干擾而打亂次序，卻也非與外界隔絕，如此才能「從容」。

用這種態度來談儒者胸襟，是很貼切的。那是一種「窮則獨善其身，達則兼善天下」的氣度，儒者有自己的原則、走自己的路，但並非與外界隔絕，反而隨時注意外界的變化，予以最適切的應對。

與其說這是道德上的要求，不如說是帶有美感的生命自覺。後面曾點所說的，雖然與社會道德無關，卻直接貼合了這種生命情懷。

我不能確定孔子是否因為這個原因予以肯定，但這裡若暫時跨出此文本，細細推敲孔子一生所追求的那些，這層詮釋在我看來頗有意

義。「從容」與「狂」，在這樣的角度下似乎是同一件事。

心中的圖畫

最後，曾點給出的這幅圖畫，究竟意味著什麼？

「莫春者，春服既成。冠者五六人，童子六七人，浴乎沂，風乎舞雩，詠而歸。」

「莫春」就是「暮春」，是晚春的意思。晚春的時候，春天的衣服已然完成了。

「冠者」即二十歲左右的年輕人，「童子」可能是家裡的小朋友，或是隨侍的僮僕。一行人一起到沂水邊沐浴，再到「舞雩」吹風乘涼，最後一路歌詠歸家。「舞雩」是祭祀的廣場，平日閒時供作人民遊賞玩樂之用。

在這短短的幾句話中，勾勒出來的是一幅極簡單、極平凡的民生圖畫。

但這裡選取的畫面卻不全然是隨機的，包含「春服」、「舞雩」等元素在內，這其實是孔子一直很嚮往的以「禮」治國之下呈顯的一種和諧秩序。

所謂的「禮」，一直都沒有絕對的強制力。禮固然是維繫宗法制度的重要存在，但在孔子這裡，禮的本質意義被重新肯定，或者說被重新確立了。

孔子認為禮除了外在的儀節，更重要的是背後的精神意涵。順著這個邏輯，我們可以追問的是，以禮來治理的國家，以禮創造的和諧社會，真正重要的價值內涵，到底是什麼？

曾點的一段話，已經給了上述這個問題一個很動人的答案。

文明很多時候是這樣的：我們並不是透過這些物質發展來滿足本有的需求，而是去創造更多的需求。人與禽獸最大的差別就在於此。

禽獸滿足自己的生存所需，人類卻許下種種生活的願望。禽獸只會尋求資源滿足自己本有的需求，人類卻會在種種需求被滿足之後，試圖創造出更大的需求。

不急著否定這些，事實上，我們的文明就是這樣被展開的。然而，很多時候我們創造了新的事物，滿足了新的需求，同時卻也丟失了一些原本所有的。

起了屋頂，失了蒼穹，造了城市，失了蟲鳴，有了冷氣，失了山風。

點了燈火，忘了星空。

最後我們被困在自己建造的欲望高牆裡，以為自己擁有了一切，卻失去了最原初的笑容。

一眾弟子各自說出了那些志向之後，每個人都想在這個文明世界裡找到自己的一席之地，證明自己的價值。

曾點卻沒有。

也許他只是回過頭來想想，這一切的一切，最初與最終要的到底是什麼？

走到河邊洗個澡，到廣場乘涼吹風，一路歌詠回家。要的不多，但人生追求的全部，似乎也都盡在這裡了。

人創造的需求是很複雜的，不只是功名利祿、酒色財氣而已。有時候陷在裡面的不只是市儈小人，更有許多抱負遠大的人們。但人真正要的是什麼，為什麼孔子在聽了那麼多志向之後，在曾點說完之後會「喟然而嘆」，說「吾與點也」？

「與」就只是贊同而已，除此之外，孔子也沒再多說什麼。那像是在說：大概就是這樣了吧，這個世界，最美最美的、最好最真最純粹的，都在這裡了。無須多說什麼，點點頭，世界就該這麼簡單，我們就該這麼簡單。

整本課本到這裡告一段落了，選擇這樣的篇章作為結尾，沒下什麼結論，反而留下了更多的問題。

有時候人生追求的答案，說穿了不那麼鏗鏘有力，也不怎麼光輝耀眼。

答案簡單，不讓人興奮狂喜，不讓人悵然若失，只會讓人輕輕嘆口氣，點點頭，如此而已。

那我們先下課休息十分鐘。

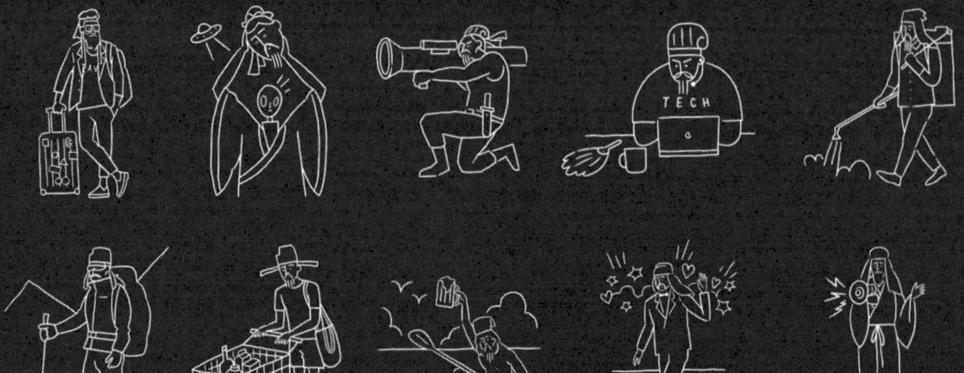

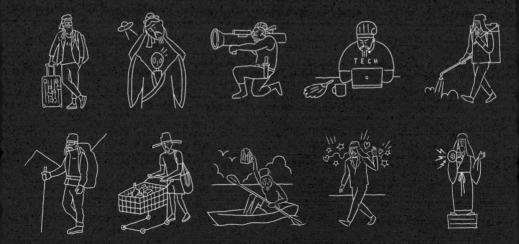

課後心得

截稿前幾個月，夏天剛來，我在沒冷氣的工作室裡與西曬烈日纏鬥了好幾個月，靠著一把鏽了的吉他，和每天夜裡的啤酒終於苦撐了過來。在山上趕書稿的時候，滿心都想著要好好寫一篇後記，記錄這段兵荒馬亂的日子。

想不到初稿甫交出去，腦中卻一片空白，這篇本擬會水到渠成的後記，卻成了新延宕的工作。

某天夜裡腦中依然渾沌，翻看雜書，看到巴修拉說「一個人研究的只能是他最早夢見的東西」，突然若有所悟。

我想起去年夏天快結束的時候，夏民寄了封信給我，希望能與我聊聊出書的事。夏民在我對面坐下之後，跟我說的第一句話是：「欸，我覺得這個世界病了啦。」這是我選擇跟夏民合作的唯一原因。（好吧，可能跟海明威也有點關係）

成書的過程是一段漫長的自我對話，這些對話有的形諸文字，有的沒有。我慢慢想起那些曾經希望以寫作維生的日子，直到被現實磨壞之前，我都還抱著這樣的一絲希望。

想不起最早夢見的到底是什麼，但我猜應該和如今夢的差不多。我是個懶人，好不容易學會作夢，不想隨便醒來。

我只是希望這個病了的世界會好一點，說來也不怕人笑，我可把我的生命全都賭在這裡了。人有時候可以選擇自己被看見的樣子，有時候又不能。在出這本書之前，我一直以為我只能出一本散文集，也只想這麼做。這一路走來，實際經過的時間不多，但發生的事著實不少。

我丟在網路上的第一篇文章不是我最想寫的，後來有很多時候也不是。真正想寫點什麼，有時候沒時間，有時候發懶，有時候情緒過了就忘了。

網路這種東西，把時間切得很細，我常常被逼得很急，只好一直說話。也沒想過以老師的姿態站在眾人面前談這些，但因為多數文章分享的是我與學生之間的事，所以也就慢慢被這樣子觀看著，慢慢定位成現在的樣子。

起初有些掙扎，久了也不會了。如今有機會寫本書，我還是想告訴大家，其實我不那麼喜歡當老師，我更習慣做一個學生，一個永遠的學生。

所以我寫了一本課本，盡可能讓它是我心目中課本該有的樣子，那是極主觀的，包含我所引述的一切資料，都是我看了喜歡、順心才選擇的。不管我在這中間用了什麼方式論述，推敲文字

的過程也非無憑無據，但都不能改變這本書出自於我的主觀與任性之事實。

這篇後記，是一篇瑣碎的自言自語。

我總不時想我逝去的阿嬤，夜闌人靜時想，酒酣耳熱時想，幾次快要倒下的時候特別想。我很想親手把書放在她手上，讓她摸一摸，開心一下。雖然她看不太見，也看不懂，但我想她會很高興的。在她那個年代，能出書應該是一件很厲害的事。喔我忘了，不管我做什麼，她都會覺得很厲害的。

那一年研究所沒考上，我倉皇畢了業在社會上打滾，四處打工流浪，找了個教室開始教書混口飯吃。我心裡對研究的熱情一直沒有消失，一邊工作一邊準備繼續重考，就這樣延宕了三年。

阿嬤的身體愈來越孱弱，卻一直問我考上了沒，說她在等。我本來不相信一個人可以用意志延長活著的日子，直到我在她耳邊告訴她我考上了的消息之後，她閉著眼睛在病榻上用力鼓掌，幾天後就走了，我才知道世界上真有這種事。

對不起我手腳慢，畢竟遲了。

我很想她。路不好走，阿嬤臨走前留給我的最後一句話是要勇敢，所以我很勇敢，很努力在勇敢，想繼續走下去。不放棄、不妥協。

我也想在天國的文敏姑姑，她在我的記憶裡依然是很美的。寫這本書的時候，翻的論語和孟子，是她留給我的書。書被我翻爛了，上面又新寫了好多字，字不好看，但我相信這本書在我手

上會更有價值的。

姑姑走之後我到過她房間幾次，房間裡一切如舊，好像她還在。她沒結婚、沒孩子，過去都把我們當自己的孩子疼的。如果她還在，她一定會把我的書拿去給朋友看，說這是她的姪子寫的。她會很驕傲的。

想想過去的日子，我很感激父母包容我這十幾年來的任性，從我讀中文系開始，有的只是支持，從沒有任何的質疑或否定。

這幾年家裡事情多，我不知道他們到底承擔了多少，只知道每次在外面工作累了，回到家，他們就會問我吃飽了沒，然後桌上永遠會出現我最愛的菜。

我一直很感謝我的父親，從很小的時候就教導我，讀書不是唯一的價值，讓我沒有長成一個讓人討厭的大人。他沒有讓我學會那些惱人的一切，有的只是吉他、口琴、書本和啤酒。

我的母親是我至今見過最有耐性也最善良的人。我不是一個好養的孩子，一路走來惹了不少麻煩，挑戰學校、社會種種體制，讓母親操了不少心。而她漸漸認了命，認了我這個麻煩的孩子就該是這麼回事。她笑著看著這一切，把煩惱委屈都藏起來，所有人都否定我的時候，她依然說我是她的驕傲。

我一直不覺得寫本書有什麼了不起，但那似乎是對我的朋友們有了個基本的交代。我大概是過去那群朋友裡話最多的一個，一路鼓勵我寫點東西的人不少，真心感謝這些人，讓我的人生不

至於被懶散給吞了。

我最初開始寫作時十六七歲，有個女孩子跟我挺要好，是她鼓勵我好好寫點東西，將來出書了，可以被世界看見。我不知道如今她是不是還記得這些孩子時候的事，但我一直沒忘記就是了。沒想到我也真寫到了這一天，在寫完書時，終於又想起她。如今她嫁人了，希望她幸福快樂。

「地表最強國文課沒有之一」是我老朋友蘇煒翔陪我弄出來的，經營初期他替我解決一個電腦與社群媒體白癡應該面對的所有問題，至今依然是我習慣找麻煩的對象。我也一直因有這樣的朋友而驕傲，不是因為這人曾經募了兩千萬，而是因為他任性又龜毛，且常常說要放生我，但最後都會看不下去、幫我一把。

這過程中，友人毛健幫我處理所有引用資料、替所有古文校對，在我寫稿寫到與世隔絕時，偶爾會繞過半個臺北城帶酒給我。

洪丹常常借我錢，願意用一切力氣支持這世界上還有愛與熱情的事物，願意在寫程式時繼續愛李商隱。無嗟草陪我耍廢，在我脆弱的時候與我同病相憐，總是包容我的無道德。

在深坑翠谷街的日子說好過也不那麼悠哉，桌上堆著凌亂的參考書籍，還好有偉軒陪我喝酒，且花了好幾個晚上和我吵到不可開交。這本書有許多篇章是在吵架的過程中噴出來的。初完稿時還有大量的問題，偉軒陪在我旁邊一字一句校對，那是個會累到無語問蒼天的工作。

寫到〈赤壁賦〉時，我總會想起過去在系上打球的日子。球隊給我風骨氣節與夢想，給我中文系的琴棋詩酒風花雪月，也給我江湖風波險惡。

我一直挺喜歡中文系的人們，儘管這些年來聯絡漸漸少了。我好像走上了一條當年沒望過的路，卻始終忍不住回頭望著曾經的人們。德方常常陪我聊些過去的事，一路善良到遍體鱗傷，還在垂死堅持。展昀、紫軒妹妹，狗不理包子的大家、家忻，四散天涯的各位中文系的夥伴。當初的夢好遠，願大家都好，還有一口氣苟延殘喘，還流得出眼淚、揚得起嘴角。

這本書有很多思想上的啟發，要特別感謝古亭教會陳思豪牧師，支持年輕人追求夢想，給予我在聖經詮釋上悉心的指導。

寫作的過程中我是常常沉不住氣的，幸好有汪冠宇陪我彈吉他、寫歌，若沒這些創作我會悶死的。

完成文章還要特別感謝政大的志浩學長，提供柳宗元研究寶貴意見。感謝從聖贈我左派王學，我寫前兩課時有不少參考。感謝蕭宇辰不時催稿以及失蹤，為臺灣文史哲領域與社會接軌，為了文化新創產業努力，可憐未老頭先白，願他能堅持下去。感謝煜騰幫我處理一切法務問題，以及沒日沒夜地找我麻煩和變相催稿。謝謝家瑜這段日子來陪我玩了許多文字遊戲，還講了伍迪艾倫的笑話給我聽。

我不知道是否該謝謝橄欖球隊的老粗莽夫兄弟們，慈幼社的豬朋狗友，建中一群陪我耍垃圾

長大的老屁孩，畢竟從來不過問我的書寫了些什麼，但他們是我成長的路上很重要的羈絆，書中許多觀點與他們必然脫不了關係。

謝謝江老師給我的鼓勵與肯定，謝謝羅老師給我的信任與支持，也謝謝快樂邏輯的夥伴及孩子們，陪我走過這些累死人的日子。

成書過程我卡關無數次，有一段時間完全下不了筆。

友人吳曉樂常常關心我的進度，我一度以為她拿了出版社什麼好處，才過來幫忙催稿。我跟她說，書寫不出來，老認為自己寫不好。她要我把想跟大家說的誠誠懇懇寫下來，說會認為自己寫不好，是因為我寫書不是為了跟大家對話，而是為了讓大家覺得自己很厲害。

我當時覺得這女人很恐怖，隨口就點出我從小到大的盲點，有種被看穿的涼意。那之後文章就寫得順多了，這裡還是要特別感謝她。

書上有很多觀念受到我在學院裡喜愛的老師影響，特別感謝，臺大徐聖心老師、蔡振豐老師，以及政大的林啟屏老師、車行健老師。此外，特別感謝政大黃志民老師給予我許多指導，讓我在解讀文本時能有許多新視野。志民老師是國文教材領域的老前輩，我寫這本書也不知道有沒有挑戰到他的觀念，讓我有點惶恐又有點興奮。

感謝刀哥、小安，百忙之餘還要忍受我的一再拖稿。

最後我得謝謝一直陪在我身邊的家人，包含一直疼著我的外公、外婆、乾媽、姑姑、阿姨、

姨丈。

謝謝勤，一直陪在我身邊，雖然常常抱怨，但始終沒有想過要離開我。

二〇一六年　夏

於深坑翠谷山莊

參考書目

傳統文獻

（一）經部

〔宋〕朱熹：《四書章句集注》（臺北：大安出版社，1994年）

（二）史部

〔漢〕司馬遷：《史記》（臺北：中華書局，1959年）

（三）子部

〔周〕李耳：《老子》（臺北：中華書局，1968年）

〔宋〕周敦頤：《通書》（成都：四川人民出版社，1998年）

〔清〕王先謙：《荀子集解》（臺北：藝文印書館，2000年）

（四）集部

〔晉〕陶淵明：《陶淵明集校箋》（臺北：里仁書局，2007年）

〔梁〕蕭統：《文選》（臺北：藝文印書館，1957年）

〔唐〕王維：《王維集校注》（北京：中華書局，1997年）

〔唐〕李白：《李太白全集》（北京：中華書局，1977年）

〔唐〕柳宗元：《柳宗元集》（北京：中華書局，1979年）

〔唐〕韓愈：《韓愈全集》（上海：上海古籍出版社，1997年）

〔宋〕歐陽脩：《歐陽脩全集》（北京：中華書局，2001年）

〔宋〕蘇軾：《蘇軾文集》（北京：中華書局，1986年）

〔明〕羅汝芳：《近溪羅先生一貫編》，《四庫全書存目叢書》本，（臺南：莊嚴文化，1997年）
〔明〕蔡清：《虛齋蔡先生文集》（臺北：文海出版社，1970年）
〔明〕湯顯祖：《牡丹亭校注》（臺北：華正書局，1996年）
〔明〕湯顯祖：《牡丹亭》（臺北：里仁書局，1995年）
〔明〕茅坤：《白華樓藏稿》，《四庫全書存目叢書》本，（臺南：莊嚴文化，1997年）
〔明〕黃宗羲：《黃宗羲全集》（杭州：浙江古籍出版社，2005年）
〔清〕梁啟超：《梁啟超全集》（北京：北京出版社，1999年）

（五）叢部

〔清〕康熙敕編：《全唐詩》（臺北：復興，1961年）

近人論著

錢穆：《先秦諸子繫年》（臺北：東大圖書出版公司，1986年）
周啟成等注譯：《新譯昭明文選》（臺北：三民書局，1997年）
荊門市博物館編：《郭店楚墓竹簡》（北京：文物出版社，1998年）
王叔岷：《莊子校詮》（臺北：中央研究院歷史語言研究所，1988年）

國家圖書館出版品預行編目（CIP）資料

地表最強國文課本：翻牆出走自學期／陳茻著. -- 一版. -- 桃園市：逗點文創結社，2016.12
240面；14.8×21公分. --（示見；13）
ISBN 978-986-92786-7-6（平裝）
1.漢語 2.讀本
802.88　105020506

視 13

地表最強國文課本 第一冊：翻牆出走自學期

作　　者 陳茻
繪　　者 黃士銘

總 編 輯 陳夏民
編　　輯 刀刀 toyknife@pie.com.tw
書籍設計 陳恩安 globest_2001@hotmail.com

出　　版 逗點文創結社
地　　址 330 桃園市中央街11巷4-1號
網　　站 www.commabooks.com.tw
電　　話 03-3359366
傳　　真 03-3359303

總 經 銷 知己圖書股份有限公司
台北公司 台北市 106 大安區辛亥路一段30號9樓
電　　話 02-23672044
傳　　真 02-23635741
台中公司 台中市 407 工業區30路1號
電　　話 04-23595819
傳　　真 04-23595493

印　　刷 通南彩色印刷有限公司
I S B N 978-986-92786-7-6
定　　價 320元

初版一刷 2016年12月
初版九刷 2022年09月